だいわ文庫

# 大衆食堂に行こう

東海林さだお



大和書房

# 大衆食堂にもいろいろある

東海林さだお

大衆食堂の最大の特徴は、店頭の看板に、大きく、堂々と、悪びれず「大衆食堂」と大書してあることである。

食べ物屋というものは、とかくちょっと気取って、

「ウチの店はほかと違ってちょっとひとクラス上なんだかんな」

という態度をとりたがる風潮のなかにあって、常に毅然としている大衆食堂のおやじさんたちはいつ見ても立派だ。

大衆というのは、【そのへんにいくらでもいるありふれた人々のこと】であり、【これといった特徴があるワケでもなく毎日平凡に生きている平凡な人々】である。

じゃあ、こういう人、

「ワシ、大衆とはちょっと違って高級な人なんだけど、ワシみたいな人もそういう店に行っていいのかね」

などと思っている人はどうなのかというと、もちろん行ってもちゃんと受け入れてくれる。

大衆食堂のおやじさんたちは全員懐の大きい人であり、義俠の人であると言うこともできる。

大衆食堂によく似た商売として「定食食堂」と「駅前食堂」がある。

よく似ているが、はっきり違うところもある。

定食食堂はとにもかくにも定食が主体である。

定食には「ところどころ凹んだアルミのお盆」これが必須。定食はこれに載っていなければならない。

これなくては定食屋は成立しない。

大衆食堂には特にそういう厳しい制約はないようだ。

定食以外にも天丼、かつ丼があるし、カレーライス、スパゲティもあるわけだからお盆にはこだわらない。

駅前食堂も大衆食堂に似ているところはあるが、こっちはとにもかくにも「駅が前」にないことには話が始まらない。

駅から歩いて30分の場所では「駅前食堂」を開店することはできない。

大衆食堂に行こう　目次

## 2章 偏愛メニュー編



## 徹底ブンセキ対談

## 3章 食べ方の流儀編



## 4章 麺類について編

## 5章 食堂で思い出づくり編



※本書に出てくる店名、料理、値段などは初出時のものです。

# 1章 ニッポンの昼食編

のぞましいたたずまい

# 午後の定食屋

久しぶりに定食屋で食事をした。

「食事はやっぱり定食屋だ」

と改めて思った。

定食屋の食事は心が落ちつく。

ゆっくり味わえる。

ぼくの仕事場周辺には、昔ながらの定食屋が数軒あって、時に応じてあちこち利用しているのだが、今回の定食屋が一番ぼくに合っている。

最近の定食屋は、マックやすかいらーくなどに押されて苦戦中で、メニューもいま風の豚肉キムチ炒め、とか、豆腐大根サラダなどを取り入れたりしている。

その点この店は、そういうものを一切排除して、伝統的な定食屋メニューのみを墨守している。

すなわち、サバ味噌煮定食、焼き魚定食（サンマとアジ。共に丸焼きと開きあり）、アジフライ定食、納豆、生卵、ほうれん草おひたし、キンピラ、焼き海苔などなど。

メニューに限らず、古典的定食屋には守るべき本道がいくつかある。

①まずドア。これは手動でなければならない。自動ドアの定食屋などもってのほかである。

②テーブル。デコラ。ないしはビニールクロス。

③イス。鉄パイプ製ビニール張り。色はグリーンないしは紺。

④メニュー。黒板に白墨書き。字は下手。達筆などもってのほか。

⑤主人。無愛想。多少の不機嫌。多少の偏屈。

⑥妻。同。
⑦服装。Tシャツ。前かけ。前かけに汚れ必要。コック帽、不可。
⑧インテリア。大型カレンダー。教訓カレンダー。カレンダーの下に天ぷら油の一斗缶が二缶積み重ねてあるが、これはインテリアではない。
⑨テレビ、必須。スポーツ新聞、漫画雑誌、必須。
⑩客入店時の「いらっしゃい」などの挨拶、不可。
⑪客注文終了時の「かしこまりました」、不可。
これらの条件をすべて遵守するのはむずかしいとは思うが、ぜひ守ってほしいものだ。


その店へ行ったのは午後二時ちょっと前だった。

その店では、前掲の遵守事項をすべてクリアしてくれた。

店に入って行ってテーブルにすわり、

「サバ味噌定食、納豆、ほうれん草おひたし」

と注文すると、かたわらに立って注文を聞いていた妻は、前掲遵守事項⑪を遵守しつつ去っていった。

サバ味噌煮定食、六八〇円。納豆、一〇〇円。ほうれん草おひたし、一五〇円。

客はぼくのほかは一人だけ。

ヒゲをはやしたTシャツの大男で、新聞を読みながら、肉野菜炒め定食らしきものを食べている。

四人掛けテーブル2、二人掛けテーブル2の小さな店だ。

一缶だが、天ぷら油の一斗缶もちゃんと電話台の横に設置してある。

道路に向いた二人掛けのテーブルにすわったので道を行く人が目の前に見える。

かくありたき
定食屋の備品
パカ式箸入れ
ウラ
パイプ
ビニール
ビニールクロス
アルミの盆
ソース
七味

ぼくの頭の上にテレビがあり、したがって画面は見えないが、どうやら12*チャンネルの時代劇をやっているようだ。

完成したサバ味噌煮定食を、遵守事項⑥を遵守しつつ妻が運んできて去って行った。

サバの味噌煮が大きい。普通の店の一・五倍はある。

ふと気がつくと、注文してないヒジキの小鉢がある。

例の大男のほうを見ると、そこにも同じ小鉢

のぞましいたたずまい

が見える。

どうやらサービス品らしい。

とりあえず納豆を掻き混ぜる。

大きな容れもの。量が多い。壁面にカラシが塗りつけてある。

醤油をたらし、へばりついているカラシをけずり取ってていねいに掻き混ぜる。ゆっくり掻き混ぜる。

納豆をゆっくりと掻き混ぜている定食屋の静かな午後のひととき。

この時間に、納豆を掻き混ぜている人はたぶん世間にいないだろうな、などと思いながら掻き混ぜる。

ほうれん草おひたしにも醤油をかけて準備完了。

まず味噌汁をひと口。おー、熱い。びっくりするほど熱い。具は短冊に切った大根だけ。ダシがきいていてとてもおいしい味噌汁だ。

サバ味噌煮にいく。

寿司屋ではコハダを食べてみるとその店の実力がわかると言われている。

定食屋でそれに相当するのがサバの味噌煮だ。

実力充分。しかも大きい。

ほうれん草の茹で加減、シャキシャキとおいしい。

サービスのヒジキ煮には、コンニャク、ニンジン、油揚げが混ぜこまれており、無料の品であっても心を込めて作った一品であることがよくわかる。

思わず厨房を見やると、一仕事終えた主人が、厨房の奥のほうからぼくの頭の上のテレビの画面をじーっと見つめている。

五十代前半あたりの人でやや気むずかしい面持ち。

遵守事項⑤をきちんと遵守しつつ、時代劇を鑑賞しているようだ。

そのかたわらには妻が、遵守事項⑥を遵守しつつ、やはりその時代劇を鑑賞しているのであった。

ぼくの定食屋の食事は静かに進行し、ぼくの頭の上の時代劇も少しずつ進行し、

「あそこで捕まっちゃうのよね」

と妻が誰に言うともなく言い、主人はうなずくともなくうなずき、定食屋の午後は静かに過ぎてゆく。

＊現在のテレビ東京。

# 〃正午の月給取〃

昼めし時、東京駅の八重洲口を出たあたりを歩いていたら、
ぞろぞろぞろぞろ出てくるわ出てくるわ、出てくるわ出てくるわ
月給取の午休《ひる》み、ぷらりぷらりと手を振って
あとからあとから出てくるわ、出てくるわ出てくるわ
中原中也の時代から、サラリーマンの昼休みの歩き方は少しも変わらないらしい。
この詩の時代から五十年経ったいまも、〃ぷらりぷらり〃と手を振って昼めしを食いに出かける。
昼めしを食いに出かけるサラリーマンの歩き方は、ビジネスのときの歩き方と明らかに違う。
例えば、朝、駅から勤め先に向かう歩き方と違う。

営業に向かう歩き方とも違う。
ビジネス用の歩き方と、メシ食い用の歩き方とを区別しているのである。
同じ昼めし時の歩き方でも、行きと帰りとでは、これまた微妙に歩き方が違う。

一般的に、行きと帰りとでは、肩の高さが五ミリ違うと言われている。

ビジネス街の昼めし事情はどこも同じで短期決戦。

多少の行列は覚悟の上。

となれば、行きは当然いくらか緊張している。緊張して肩に力が入った分、帰りより肩が五ミリ高くなる。

肩の高さばかりでなく、歩行速度、呼吸数、脈搏、眼底血圧なども、帰途より行きのほうが高いと言われている。

一度、しかるべき研究機関に諮《はか》って、その差を調査してみたらどうだろう。

（意味ないか）

サラリーマンの昼めしは、三、四人づれ、というのが多いようだ。三、四人、ぷらりぷらりと手を振って意中の店に向かう。

意中の店の前にくると、三、四人の中の一番偉くないのが、つと進み出てノレンを軽く持ちあげ、店内の混雑状況を偵察する。

あとの二人はそれに準ずる距離に位置し、一番偉いのが一番うしろで、両手をポケットに突っこんで斥候の報告やいかに、と待ちかまえている。

斥候がダメのサインを出すと、そのポーズのまま次の店に向かう。

いつも行く店は大体決まっていて、第一志望、第二志望、補欠、あるいは準入選、というふうに移動していく。

ＯＫとなると、ただちに店の外に展示してある生サンプルの検討に入る。

こういう店のランチのサンプルは、生が多い。もちろん煮てある生で、つまり本物、食べられるやつですね。

ぼくもサラリーマンの方々の肩越しに生サンプルを検討し、「本日のサービス、天ぷら定食６５０円」を入選と決めた。「いわし丼７３０円」にも心を動かされたが、こちらは準入選とした。

店内は大混雑。

前の客の食器が、そのまま長いテーブルに放置されたままだ。

本日は「サンマ定食」が大いに売れたらしく、テーブルの上にはサンマの骨ののった皿が延々と続いている。

細長いテーブルの両側に十人の客がとりついている。そういうテーブルが四列。隣のテーブルと、客は背中合わせだから、従業員はテーブルとテーブルの間に入っていけない。従って、客が、順送りに食べ残りの食器を送り出す。

従業員から雑巾を借りて、テーブルの上を拭く。みんな心得たもので、合宿あるいはコンパの雰囲気だ。

ぼくは一番奥の席にすわって、天ぷら定食を食べ始めたのだが、食べていてふと気がついた。出るときどうしたらいいのか。
天ぷら定食は、イカが二個、エビ、ナス、イモが一個ずつの計五個。揚げたてで十分熱く、

このほかに半丁ほどの冷ややっこ、シジミの味噌汁、お新香（タクアン2）がついて、これで650円。東京駅の近くでこれほど安い店はあるまい。

食べ終えたぼくはしばらく迷ったのち、意を決して立ちあがり、「すみません」と声をかけた。

ぼくの側の四人が、心得てる、という感じでいっせいに立ちあがった。

そのうちの一人は、味噌汁のお椀を持ったまま立ちあがり、そのまま寸暇を惜しんですすっているうしろを、さらに「すみません」と声をかけて通りかかると、その人は味噌汁をすすりつつ「うん」とうなずいてくれたのだった。

人間、やろうと思えば、いっぺんにいろんなことができるものなのだ。
その店を出て細い路地を歩いていくと、いましも一軒の店から四人づれが出てきたところであった。
その店は地下一階にあり、「ふぐ」などという文字も見える高級店である。
階段をあがってきた四人は、地上に出たとたん、そのうちの一人を三人が取りかこんでいっせいに頭をさげた。

ぼくはそれを見て、この四人のうちの、誰がおごり、誰がおごられたかを一瞬のうちに判断することができた。

まるで「わたしがおごりました」「わたしらがおごられました」という関係を、世間に発表する発表会みたいだ。

一人は深く頭を下げたのち、ほほえみつつ右手で頭のうしろをしきりにかき、もう一人は頭を下げたのち、右手で「テヘッ」というようにおでこをたたきそうになりつつもかろうじてこれをこらえ、そのまま手のひらをヒラリと返して右下方に軽やかに下げていってそれに左手も伴わせるという、まるで日本舞踊のような仕草をするのであった。

あとのもう一人は、頭を下げたのち、階段深奥部の店を振り返ってのぞきこみ、（どうも大変な店をごちそうになってしまって）という思い入れで大きくうなずき、その店の偉大さを讃えるようにさらにうなずくのであった。

そうした動作をしつつ、「このたびは」とか「ほんとにどうも」などの言葉を口にし、セリフつきパントマイムとでもいうべきものを演じるのであった。

おごったほうは、そうした一同を、馬を「ドウドウ」となだめるように手で制して歩き始めると、三人はただちにそれを追尾するのであった。しかも、追尾の順は偉い順という、あくまでも秩序を守るカタチで帰っていくのだった。

# ホッと一息昼休み

世間の相場では、

「昼休みは一時間」

ということになっている。

世間の相場に従って、ぼくの昼休みも一時間と決めている。

一時間の休憩というのは、長いといえば長いが短いといえば短い。

三十分が二個、と考えると、

「けっこう長いな」

と思う。

十五分なら四個だ。

「けっこうたくさんあるじゃないか」

という感じになる。

十分なら六個、五分なら十二個、三分なら二十個だ、サアどうだ。もってけ、ドロボー。

昼休みの最大のテーマは、なんといっても、

「昼めしを食う」

ということにある。

昼めしを抜きにしては昼休みは成立たないのである。

ぼくにとっては、この「昼めしを食う」ということが、なかなかに大変な難事業なのである。

たかが昼めし、などとあなどってはいけない。

昼めしを食うからには、

「なにを食うか」

を決定しなければならぬ。

この決定が、ぼくにとっては容易なことではないのである。

十一時四十五分あたりになると、両腕を頭のうしろへやって、

「サアーテ」

と考え始める。

世の中には、実にたくさんの食物がある。

和風でいくか、洋風でいくか、中国系でいくか韓国系でいくか、はたまた定食風でいくか。

目のくらむような膨大な食品群の中から、たった一つの食品を選び出さねばならぬ。

これが難事業でなくて、なにが難事業か。

たとえば、なんとなく、

「汁気《しるけ》のあるものを食いたいな」

と思ったとする。

体のコンディションが、汁気を要求しているのであろう。

そこで、

「よし決まった。本日の昼食は汁気でいこう」

という基本方針がうちたてられる。

汁気という概念から想起されるのは、まず麺類である。

そこで、

「うム、麺類だ。本日の昼食は麺類！」

ということになる。

「ここまでくればもう安心だ」

とホッとして立ちあがりかける。

しかしここで安心してはいけない。

麺類には中国系と日本系がある。

この件に関しては、どちらでもいい、などというあいまいな態度は許されないのである。

中国か日本か、*ハトヤか大野屋か、ハッキリ決めなければならぬ。

　そこで、

「きょうはさっぱりした感じでいきたいから日本系だな。よし日本系でいこう！」

ということになる。

汁気という漠然とした概念から、麺類↓日本と、次第に様相があきらかになっていきつつある。とにもかくにも、ここまでまとめたのだ。

「大綱は要約されつつあるな」

などと、ここで喜ぶのはまだ早い。

そばかウドンかという問題がある。

これが案外難問なのである。

どっちでもいいようなものであるがゆえによけいむずかしい。

考えあぐねる。思案にあまる。

だがここでも、どっちでもいいという態度は許されないのである。

どっちか一つ、そばかウドンか、ハトヤか大野屋か。

伊東へ行くならハトヤだが、そば屋へ行くならウドンかそばか、どっちか一つ、ハッキリ決めなければならぬ。

このへんになるとかなりうんざりしてくる。

さらにキツネかタヌキか、鴨《かも》か海老《えび》かという問題も出てくるし、上か並かという問題も残されている。

「ここで考えてたんじゃラチがあかん。とにかく現地へ行ってみよう。現地の雰囲気で決めよう」

と、ようやく立ちあがる。

ようやく現地へ到着し、ショウケースに並べてある食品モデルをジッとにらんでいるうちに、

「カツ丼もわるくないな」

などと、意外なものに目が向いたりする。

汁気→麺類→日本と、要約されつつあった大綱が、ここで一挙に崩壊してしまうのである。

再び混迷が始まる。

根本からやり直さねばならぬ。

汁気という基本概念は、あれはいったいなんだったのであろうか。

カツ丼がわるくないとすれば、天丼だってわるくないはずだ。

天丼もわるくないとすれば親子丼だっていいはずだ。こうなれば家へ帰ってきつねどん兵衛というテだってある。

「日本」という概念だって怪しいものだ。中華であってどこがわるい。

世の中にはカレーだってあるしウナギもある。いざとなれば、カレーウドンに親子丼をまぜて食べるというテだってある。

などと、なにがなにやらわからなくなり、家へひきかえして結局、マルちゃんの冷し中華を茹でて食べる羽目になったりするのである。

この昏迷と苦悩は、一回経験すればそれで済むというものではない。

昼めしというものは、毎日毎日食べなければならないものなのである。

一時、この昏迷と苦悩を避けるため、二カ月間牛丼で通したことがある。

ぼくの仕事場のそばにも例の牛丼屋があり、そこへ毎日毎日通った。

「牛丼一筋、六十日」

である。

ここは牛丼しかないから迷いたくても迷いようがない。

強いて迷うとすれば、並か大盛りかという問題があるが、ぼくは依然として減量を実行中であるから大盛りには手を出さない。

店内に足を踏み入れるか入れないうちに、

「ご注文は？」

という声がかかる。それに対して、

「ナミ」

と一声叫べば全ての交渉が終了する。

ふつうの飲食店では、まず店内に入り、テーブルに坐ると、女の子かなんかが水とメニューを持参する。

そして注文をたずね、うなずき、去り、しばしのひとときがあってのち注文の飲食物が運ばれてくる。

だが牛丼屋はちがう。

店内に片足を踏み入れたとき「ナミ」と叫び、数歩歩いてカウンターに坐ったときには、もう完成品が目の前に置かれているのである。

牛丼一筋六十日を貫くと、さすがに牛丼はいやになった。

そして再び昏迷と苦悩の昼さがりの毎日が始まったのである。

いったいほかの方々は、この問題をどう処理しておられるのだろうか。

だいたいぼくの昼食は単独で行なわれる。

これがいけないのではなかろうか。

これが昏迷と苦悩を生むそもそもの原因なのではないだろうか。

何人かで連れだって出かけていけば、そこにおのずと空気というか流れというか、そういうものができて、自然に店が決まり食べるものが決まるということになるかもしれない。

あるいはだれかの意見に従うというテも考えられる。だれかが、

「きょうはカレーいくか」

と言い、

「ウン、じゃオレも」

と同調すればことはスムーズに運ぶ。

昏迷も苦悩も要らない。

だいたい一人で食事するくらい味気ないものはない。それこそモクモクと食べ、モクモクと味噌汁をすすり、またモクモクと丼飯にとりかかる。

ときどき目を中空に据えたりして、また丼飯にとりかかる。

たまには大勢で楽しく食べているところへ出かけていって、そこにまぜてもらって、いっしょに楽しくお食事するというのもわるくないな、と思う。

子供のころ、大勢で遊んでいるところへ近寄っていって、

「まぜてー」

といえばたいていまぜてくれたものだった。

有楽町あたりがいいかもしれない。

あそこなら日比谷公園も近く、食事のあと課長さんやＯＬなんかがバレーボールを楽しそうにしているのを見たことがある。

まぜてくれるかもしれない。

正午、有楽町まで出かけていくと駅近辺のビルから、ゾロゾロゾロゾロとサラリーマンの方々が出てきた。

あっちのビルからも、こっちのビルからもゾロゾロゾロゾロと出てくる。

中原サンの詩のように、

ぷらりぷらりと手を振って、ぞろぞろぞろぞろ出てくるわ出てくるわ。

午前中の事務の名残りを面影に残しつつ、小手をかざして陽の光をまぶしそうにさえぎりながら、出てくるわ出てくるわ。

エレベーターの前では重役風氏に従った秘書風氏が、小腰かがめつつ、

「ウナギのようなものなどいかがでしょうか」

とうかがっている。

ようなもの、というのもヘンなものだが、重役風氏は、しばらく考え、

「ウン」

とだけいい、二人はウナギのようなものを食べに出かけていった。

「なるほどなァ。ああいう決め方もあるのだなあ」

と思う。

偉くなると、食べるものまで部下が考えてくれる。

一つのビルから出てきた人の群れは少しずつ分裂し、さらに分裂して最後は五、六人の単位になって店の中に吸いこまれていく。

ぼくが予想したごとく、やはり昏迷と苦悩の人は見あたらない。

店の前にハタと立ちどまり、一人が、

「鉄板焼きいこかー」

と、ショウケースの一角を指さしつつ振りかえると、

「ああ」

と一同うなずき、あっさりと決まってしまう。

どうもなんだかあっけなさすぎる。

もう少し各自が己れを主張し、異を唱え、紛糾してくれなければぼくの立つ瀬がない。

たいていの店で、ランチタイムサービスというのをやっており、値段は六百円から

八百円というのが多い。

こういう店はどこも混んでいて、ワイワイガヤガヤとさわがしく、立って待っている人もいる。

和風の高級そうな店もあり、天ぷらと刺身がついた幕の内弁当風のものが二千五百円。三千円なんてのもある。

こういう店はたいていひっそりしており、竹の植えこみの陰で、部長ないし重役風の人が密談風の会話を交わしている。

値段の安い店では、ワイワイガヤガヤと値段の安そうな会話が飛び交い、値段の高い店では値段の高そうな会話が交わされているもようである。

どの店もどの店もネクタイと制服姿のOLでいっぱいになる。Gパン姿のぼくは、なんとなく入っていきにくい雰囲気になる。

まぜてくれる雰囲気ではない。

いい匂いのする飲食店街を、犬コロみたいにあっちへウロウロ、こっちへウロウロしたあげく、あきらめて日比谷公園に向かった。

ここもネクタイと制服でいっぱいである。

昼休みの日比谷公園は、ネクタイ族に占拠された感がある。

ベンチに仲良くすわってお弁当を食べているOL、早くもバレーボールに興じている一団、歩きながらソフトクリームを食べているグループなどなど、どれもこれもネクタイと制服である。

Gパンの人は、なぜか公園にたむろする浮浪者のような心境になり、サラリーマンの方々とすれちがうときは自然に道ばたに身をよせ、ゆずってあげるようになる。

男二人、女二人できて、芝生の上にビニールを広げてお弁当を食べているのがいる。水筒まで持参しており、別の容器には食後のフルーツまで入っている。

これは、女が男の分の弁当まで作ってきたにちがいない。内容物が同じなのだ。

女が作ってきた弁当を、男はおいしそうに食べている。

そして楽しそうに笑いあっている。

おもしろくない。

これではまるでピクニックではないか。

毎日こんなことをしているのだろうか。

ぼくが毎日、昏迷と苦悩の昼食をとっているとき、彼らはこんなに楽しいひとときを過していたのだ。

会社というところはだね、仕事をしにくるところなのです。ピクニックをしにくるところではないのです。

こういうのはルール違反だから取り締ってもらいたい。

険しい目付きでにらみつつ、そのそばを通過したGパンの人は、その行手に、更に見てはならない光景を目撃することになった。

それはアベックであった。

片やネクタイ、片や制服、その二人が肩を寄せあってお弁当を食べているのだ。

しかも……。

持参の大型バスケットにシシュウ入りのハンカチが結びつけられ、その中には缶ジュース、リンゴ、バナナが入っている。

弁当のほかに、鳥唐揚げ、ウィンナ、煮物などの詰まった重箱さえある。

女がそれを、男の弁当に取りわけてやっている。白昼堂々こんなことが許されていいのか。

機動隊を呼べ。

放水車で水をかけろ。

あちこちでバレーボールが始まった。

ぼくが坐っているベンチの前では、ネクタイ五、制服三のグループがボールを打ちあっている。

キャーキャーと嬌声が飛び交い笑い声があがる。楽しそうだ。

しかしよく考えてみれば、こういうのも本当はいけないんじゃなかろうか。

会社の女の子とバレーボールをして楽しんだりしてはいけないのではなかろうか。

女の子を私的に使うのは許されないはずだ。

取り締ってほしい。

どのバレーボール組も、まぜてくれる雰囲気はない。

「しかし……」

とGパンの人は考える。

「これでなまじまぜてもらっても、ぼくのところにボールがあまりまわってこなかったりすると、かならずぼくはひがむから、そうするとかえって楽しくないかもしれない」

おなかもすいてきたのでバレーボールをあきらめ、公園を出る。

飲食店街も先ほどよりはだいぶすいてきたようだ。

ガードのそばに定食屋ふうの店があった。

店先からのぞくと、黒板にビッシリと本日のメニューが書きつらねてある。

その数およそ四十。

とりあえず店内に入る。

中に入ってからもう一度黒板を眺め、それから注文の品を決定しようと思ったのだが、世間はそれを許さなかった。

テーブルに坐ったとたん、白衣のオバサンが飛んできて、

「ご注文は？」

と、当方の決断を一刻も早く、とうながすのである。

なにしろぼくの場合は「基本概念」から始まって「系統だて」「現地の雰囲気」「決断」という手順をふまなければならない。

いきなり飛んでこられても困る。

ふだんなら基本概念が出来あがってから現地へ到着するのだが、本日はそれさえ出来ていない状態で現地に到着し、あまつさえテーブルに坐ってしまったのだ。

オバサンにせかされてもどうにもならぬ。

オバサンはしばらく足踏みをしたのち、すばやい決断は無理な人物、とみてとったらしく向こうへ行ってしまった。

黒板をじっくり検討すると、三百円の部と三百五十円の部に大別されていることが

明らかになってきた。

大変安い店なのである。

三百円の部のほうには、肉ジャガ定食、アジの開き定食、モツ煮こみ定食、サバ切身定食などがある。

三百五十円の部のほうには、刺身定食、スキヤキ定食などというものさえある。

こわいほど安い店なのである。

魚類、という「基本概念」が浮かんだ。

次に脂っこい魚、という「系統だて」が行なわれた。

あとは比較的ラクに「決断」に移行していった。

「現地の雰囲気」は、なんとなくサバ的であったのである。

サバ、と決断すると、ぼくはおもむろにオバサンを招き寄せた。

遠くから、チラチラとこちらを険しい目付きで見つつ足踏みしていたオバサンは大喜びで飛んできた。

ぼくはオバサンに、サバに決定した旨を伝えた。

これでなにもかもカタがついた。

あとは食べて店を出るだけだ。ヤレヤレ。

そのときオバサンが意外なことを言った。

「サバは味噌煮と塩焼きがあるんですけど」

「………」

一度ホッとしているだけに、このショックは大きかった。

ミソかシオか。シオかミソか。

ミソでいいような気もするが、シオがわるいという理由もない。

さらによく考えてみれば、どうしてもサバでなければならないという理由もない。

こういうときに先述の重役風氏のように、秘書の一人も従えていれば、適切な助言をしてくれるかもしれないが、いますぐそのために急遽秘書を雇うというわけにもいかない。

結局、いつものように昏迷と苦悩のうちに「サバ塩焼き」という決断が下され、それを摂取して外へ出たのであるが、この原稿を書いている現在も、まだ昏迷と苦悩が続いている。

「やっぱり味噌煮のほうがよかったのではないか」

＊熱海の二大温泉宿。

# 午後一時五分前のエレベーター

こういう状況をちょっと考えてみてください。

大きなビルの午後一時五分前のエレベーターの中。

収容定員20名、その中に19名がぎっしり。

いま、このエレベーターの内部はどのような状況になっているでしょうか。

この中にいる19名のお腹の中には、ついさっき、それぞれが食べてきた食べものが詰まっています。

すなわち昼食直後の人ばかり。

昼食時、あちこちに散っていろんなものを食べてきた人たちが、いま再びここにこうして集結しているわけです。

それこそみんな様々なものを食べてきた。

ラーメンの人もいれば焼き魚定食の人もいる。

立ち食いそばの人もいれば餃子ライスの人もいる。

カレーライスの人もいれば納豆定食の人もいる。

そうした来歴を持った人々が、いまエレベーターという一堂に会していることになる。


誰でも知っていることだが、食べものにはそれぞれ特有の匂いがある。

餃子を食べた人は餃子の匂いを発している。

レバニラ定食を食べた人はレバーとニラの匂いを発している。

カレーライスを食べた人は、カレーと付け合わせのラッキョウの匂いを発している。

焼き魚定食の人は匂いはあまりないと思われがちだが、付け合わせのタクアンの匂いを発している。


くさや定食を食べてきた人は……（そんな定食ないか）。

ドリアン定食を食べてきた人は……（そんな人いません）。

とにかく、大きなビルの午後一時五分前のエレベーターの中は、それぞれの人の昼食歴発表会のような様相を呈している。

そして、それぞれの人が、いま自分が発しているであろう匂いについて、別に悪事を働いてきたわけでもないのに、いささかの自責の念を抱いている。

このときのこの様相を阿久悠風に歌いあげると、

〽上に向かう人の群れは誰も無口で
　匂いばかりを気にしてるー
ということになる。

何しろ定員20名の中に19名がぎっしり。

ということは、隣り合った人と肩と肩がくっつき合っている。

お互いの口と口との距離30センチ。

お互いの鼻と鼻との距離30センチ。

嗅ぎ合い、というわけではないがそれに近い状態といっても過言ではあるまい。

自責の念という考えからいえば、一番傷ついているのは餃子の人ではないだろうか。

何しろ餃子はニンニクという大きな瑕疵《かし》を抱えている。

二番目に傷ついているのは納豆定食の人である。

納豆は嫌われる匂いの上位を占めている上に、ネギというこれまた匂いのベテランがからんでいる。

レバニラ炒めの人の反省も激しい。

レバーのほうはそれほどでもないがニラがいけない。
（おいしかったんだけどなー）
と、懐古の思いと共に後悔の念にかられる。
コロッケ定食の人は何も問題はないはずなのだがやはり後悔している。
キムチを奮発してしまったのだ。
奮発したのがいけなかった、と、後悔しきりとなる。
立ち食いそばは、一見何ら問題がないように思えるが大いにある。
ネギがいけない。
そばのつゆの匂いがいけない。
いずれも強烈ではないが少しだけ匂う。
この、少しだけ、に人々は敏感である。
そこはかとなく隣の紳士から漂ってくるネギとつゆの匂い。

ネギは本来、香味野菜の一種であって、チャーハンと組むと「いー香り」などと称讃されるのに、立ち食いそばと組むと、それを嗅いだ人の顔をしかめさせる。
だからネギそのものには何の罪もないのだが、立ち食いそばのほうに問題がある。
立ち食いそばの匂いには、立ち食いそばそのものの匂いのほかに、もう一つの匂いがある。
ビンボーの匂いである。
だからエレベーターの中で、立ち食いそばのネギの匂いのする紳士と隣り合わせたOLは、その紳士にビンボーの匂いも嗅ぎとってしまう。

実をいうと、その紳士は立ち食いそばではなく、ちゃんとした老舗の天ぷらそば（上）を食べてきたのである。

紳士としてはそのことを隣のOLに釈明したいと思うのだが、そのきっかけはなかなかにむずかしく、思い悩んでいるうちにエレベーターは自分の降りる階に到着してしまう。

（何とかならなかったものか）

と紳士は自分の机に座ってからも片ひじついて思い悩

何でも混ぜこむ「五色納豆」
というものもあるぞ
キムチ
ニンニク
ネギ
タクアン
ラッキョウ
ナ・プラー
鼻が曲がっても
わしゃしらん

む。

午後一時二分前。

このあたりになると、どのエレベーターもがらがらになる。

ちょうどそのころ、大きいほうではなく小さいほうのエレベーターに、若い男性社員一名と若いＯＬ一名が乗り合わせる。

その男性社員の昼食は立ち食いそばであった。

狭いエレベーターの内部に漂うネギとつゆの匂い。

若い男性はそのＯＬに、

「この人ビンボーなんだわ」

と思われたのではないかと無念である。自分がビンボーなくせに悔しくてならない。

# セットメニューの騒ぎ

いま『セットメニュー』という本をパラパラめくって見ているのだが、カラー写真満載でとても楽しい。

食関係の本で知られる柴田書店の発行で、実際に各店で出しているセットメニューを百二十例、カラー写真で載せている。

セットメニューというのは、最近のファミレスや駅ビルなどのレストラン街のメニューによくある「親子丼にきつねうどんが付くやつ」とか「チャーハンに麻婆豆腐が付くやつ」とかの、いわゆる〝付くやつ〟のことで、いまこれが大はやりのようだ。

客のほうは一回の食事で、あれもこれも食べられて嬉しいし、店側は客一人の売り上げが伸びて嬉しい。

ことさら英語でセットメニューなどといわなくとも、このシステムは昔からあった。

なんとなく快調感のある
快調快調
おにぎりと稲庭うどんのセット

立ち食いそば屋で、きつねそばに稲荷寿司を付けるというのもセットメニューといえるし、神田のラーメンの有名店「さぶちゃん」*の、ラーメンとチャーハン半分のセット「半チャン」もセットメニュー以外の何ものでもない。

いよいよボーナスシーズン。一家で外食という機会も増える折から、世のおとうさんたちも、今からセットメニュー大研究を怠らないようにしておかないと大変なことになる、ということを警告しておきたい。なぜ大変なことになるのかは、この文章を最後まで読まないとわからないので、読むのを途中でやめないよう警告しておきたい。あの、ホラ、テレビのバラエティー番組などで、この解答はお知らせのあと、なんて言ってえんえんとCMを見せるというあのテですね。

この『セットメニュー』という本を見ていてわかったことだが、セットメニューの基本形は、〝ゴハンものにシルものが付く〟ということだ。

「山菜ゴハンに讃岐うどんが付く」

「炊きこみゴハンにきしめんが付く」という形式。

面白いのは、こうした形式のセットは、例外なく〝ゴハンもの左側、シルもの右側〟になっていることだ。つまりふだんの食事のときの、ゴハン左、味噌汁右の因習を踏襲しているわけです。たとえ、山菜ゴハンの器が極めて小さく貧弱で、讃岐うどんの丼が巨大で豪華であってもこの形式は変わらない。

ぼくはこの山菜ゴハンが不憫でならない。実権はかーちゃんに握られているのに、何とか因習の力で空威張りしているとーちゃんのようで見ていてつらい。

「カレーライスとたぬきそば」というセットが載っている。

ふだん、昼食なんかを食べようというときは、

「きょうはカレーにするか」

「きょうはたぬきそばにするか」

という発想だが、これは両方いっぺんという大事《おおごと》なのだ。

まず最初、左側のカレーライスをスプーンですくって食べつつも、目は右側のたぬ

「カレーとたぬきそば」のセットの場合は…
いっそこうするか

きそばに注がれている。

いつ、たぬきそばにとりかかるか。

どういうきっかけでとりかかるか。

そのタイミングはなかなかむずかしいものがあるような気がする。

その都度、スプーンから箸へ、箸からスプーンに取り替えなければならないわけだから、それ相当の覚悟というか、それなりの理由というか、そういうものが必要で、なまじっかなきっかけ、いいかげんなきっかけは許されるものではない。

こういう〝ゴハンものとシルもの〟は、組み合わせとして誰もが一応納得できる穏便なセットといえるが、たまには大物同士の対決ものもあってもいいのではないか。「かつ丼ととんかつのセット」とか「うな丼と牛丼のセット」とかの、大物同士が激突する激突ものもたまには食べてみたい気がする。

中華系のセットものに「ラーメン、麻婆豆腐、ザーサイ、ライス」というのが載っている。

このセットのコンセプトは何か。

「麻婆豆腐とライスの組み合わせを取った他にラーメンも取った」と考えると豪華な食事ということになる。

しかし「『ラーメンライス』を取ったあと、なんだか悲しくなって、つい血迷って麻婆豆腐も取ってしまった」と考えると、とても哀れな食事ということになる。

その「ラーメン、麻婆豆腐、ザーサイ、ライス」のセットの写真のすぐ右隣に、「ラーメン、チャーハン、ザーサイ」のセットが載っている。この両セットを、お店の前のショーケースで見た人は大いに悩むことになるに違いない。双方、あまりにも魅力的だ。

実際に載っていた
メニューだけど
なんかなー
もりそば
カレー

白いゴハンを麻婆豆腐で食べつつ、ときどきラーメンをすする。いーなー。チャーハンをレンゲですくってかっこみつつ、ときどきラーメンをすする。わるくないなー。ボーナスもらって息子二人とかーちゃんの一家四人でやってきたおとうさんは、ショーケースの前で悩むことになる。

白いゴハンとザーサイつーのは、なんとも合うんだよなー、チャーハンにザーサイつーのは、白いゴハンに比べるといまいちなんだよなー、しかし、このチャーハン、色といい艶といい、なんともウマそうだなー。

ウーム、と、うなったあげく、もう一度、ウームとうなる。

このおとうさんのうなりを聞きつつ、息子二人も同じようにうなる。

そうして、それぞれが、ようやく「麻婆豆腐のセット」「チャーハンのセット」と決定し、そのことをおかーさんに告げると、おかーさんは「チャーハンセット不可」を全員にいい渡すわけです。なぜなら、「チャーハン……」のほうは一五〇円高いからです。

ね、いまからそのあたりの対策が必要なわけが、いまわかったでしょう。

＊2017年11月閉店。

# 食味評論

最近は食いもんの評論が盛んである。

グルメとかグルマンとかを称する人も多い。こういう人は、文章の書き出しで、まず、

「わたしはいわゆる食通ではない。口がいやしいだけだ」

と断る。

だが書き進んでいくうちに、

「『丸金寿司』（仮名）のコハダは、いい仕事がしてない」

だの、

「『満来軒』のシナチクは大変おいしいのだが、麺《めん》とのバランスがわるい」

だの、

「『天政』のおやじは、天ぷらの腕は確かだが目に光がない」

だのと、ヘンなところまで批評したりして、結局のところ食通ぶりをひけらかすことになるのである。

ぼくとてこの分野に野望を持っていた。

食味評論家として一家をなしたい、重鎮といわれたい、とかねがね思っていたのである。しかし時すでに遅く、この世界には数々の名評論家が輩出してしまった。

フランス料理、中華料理、和風料理、エスニック料理、それぞれの名評論家が確立してしまった。一人でこれら全部を受けもっているという恐るべき人さえいる。

ぼくの出て行く場所はもはやどこにもない。せめてラーメンだけでも受け持たせてもらいたいと思っても、この分野もすでに何人かの名評論家がおられる。

(なにかないか)

ぼくは考えた。残された分野はないか。穴場はないか。抜け道はないか。

考えあぐねているうちに、たった一つだけまだだれも手をつけてない分野がみつかったのである。

定食屋評論家である。

この分野だけは、まだだれも手を染めていない。

そうだ、定食屋評論家になろう。

「定食評論なら彼をおいてない」

といわれる定食界の重鎮になろう。

やがて名声を得たぼくは、定食屋のおやじたちに恐れおののかれる存在となるのだ。

ぼくが定食屋に入っていくと、おやじは恐懼《きょうく》してメシの盛りをよくしてくれるにちがいない。おかみさんは豚汁の豚肉を掻《か》き集めてよそってくれるにちがいない。

とりあえず、わが仕事場のある西荻窪駅周辺から評論活動を始めようと思った。

この周辺には、およそ五店ほどの定食屋がある。すべて歩いて行ける距離である。

取材活動には中古のサンダルを使用しよう。シビックを使うほどの距離ではないからだ。

批評の方式は、かのミシュランの方式を取り入れることにした。秘密調査員が（わたくしのこと）現地に赴いて秘密に取材し、星印をつけるというあの方式である。

サバ味噌煮とか、納豆定食上新香付きの世界に、ミシュランの方式は少し酷かともも思うが、こうしたことによって惰眠をむさぼる定食界に活を入れることができるかもしれない。わたくしは、中古のサンダルを駆って最初の店に出かけて行った。

## 藤丸食堂（仮名）

テーブルのないカウンターだけの細長い店である。忙しい時間をはずして午後二時ごろ行ったので客は一人もいない。

夫婦ものらしい二人が、ぼんやりテレビを見ていた。

入って行ったぼくを見て、（なにしに来た？）という目でいっせいに振り向く。

食堂にメシを食いに行ったのに（なにしに来た？）はないだろう。この世に密《ひそ》かに定食評論家が誕生し、密かに調査活動を開始したのを二人はまだ知らないのだ。

水を持ってきたおばさんに、

「予約はしてないのだが」

と言おうと思ったのだが、どうもそういうシステムの店ではないらしいので適当なところに座を占める。

定食屋のメニューは膨大である。壁のはじからはじまで貼りめぐらしてある。

定食屋にはメニューの基礎とでもいうものがある。（ライス、味噌汁、おしんこ、百七十円）と告示されているものがそれである。

この「基礎」に、煮魚とか、納豆とか、イカフライとかをオプションとして注文するシステムになっている。

わたしは、かたわらに無言でたたずんでいたおばさんに、

「サバ味噌煮、納豆」

と力強く告げた。おばさんは力なく引きあげていき、力なく「サバ味噌煮、納豆」とシェフに告げるのであった。

正装（丸首白シャツ、汚れた前かけ、サンダルが定食屋のシェフの正装である）に身を包んだシェフは、

（たいした客じゃねえナ）

というようにけだるく立ちあがりガスに火をつける。

寿司屋などでは、まずコハダを握ってもらって食べてみれば、その店のおよその実力がわかるという。コハダにいい仕事がしてあるかどうか、それが実力判定の基準となるのだ。

では定食屋の「コハダ」に相当するものはなにか。

わたしはサバの味噌煮だと思う。

サバの味噌煮にきちんと仕事がしてあれば、まずその店は信頼できるのである。

いちはやく納豆がきた。

定食屋では、納豆は醤油《しょうゆ》をかけずにネギとカラシを添えて供される。醤油の裁量は客にまかせるのがふつうだ。

まずネギの切り方に注目する。ネギの切り方がふぞろいである。厚切りのもあれば薄切りのもある。途中でちぎれているのもある。

ネギの切り方にいい仕事がしてない。

納豆を搔きまぜるべく箸《はし》立てから箸を取って割ると片方が途中で折れてしまった。箸の出来にバラツキがあるようだ。箸の仕入れに目が届いてない証拠である。

その箸で納豆を搔きまぜると、納豆のネバリに負けて箸がヘニャヘニャする。箸に力がない。納豆の糸の切れ方にも力がない。

続いてライス、味噌汁、おしんこ（たくあん二切れ）が到着する。

ライスの量は非常に多いのだが、盛り方がひどい。丼のフチにあちこちにゴハンがへばりついている。盛ったというより、投入した、もしくはぶち込んだ、という感じである。

ゴハンの盛り方に愛情がない。

味噌汁をひと口すすってみる。

まるでダシの味がせず、具はワカメなのだが朝から何回も煮かえしているらしく、ワカメに火が通りすぎている。通りすぎて溶けかかっているのさえある。

シェフは時々ワカメの火の通り具合を点検してほしい。

だいたい定食屋の味噌汁は、朝から夕方まで煮っぱなしというのが多い。
なかには、朝からどころではなく、おといの夜から注《っ》ぎ足し注ぎ足しでもたせている店もある。もっとひどい店では、
「うちの味噌汁は、昭和三十五年の開店以来、ずうっと注ぎ足してきていまや家宝的存在となっております。だから火事のときはまっ先にこれを持って逃げるように家の者に言ってあります」

というなぎ屋のタレみたいな味噌汁もあると聞くが、人づてに聞いた話なので、真偽は定かではない。こういう店の味噌汁の豆腐の中には、開店以来、一度もすくいあげられることなく生きのび、いまだに漂い続けているのもあるそうだ。

最後にサバの味噌煮が到着した。

このサバの味噌煮は絶品だった。サバの切身はかなり大きめで、そのまん中に箸を突きさしてみてその柔らかさにまず驚かされた。

魚の肉とは思えない。まるで豆腐のような柔らかさなのである。おそらく五日前あたりから煮かえし続けた結果であると思われる。

口に含んでみると、魚肉の繊維はすべて破壊しつくされ、まるでテリーヌのような舌ざわりである。魚の香りも味噌の香りもすべて飛ばし去って、サバの味噌煮でありながら、サバの味噌煮とはまるでちがう料理に変貌《へんぼう》せしめているのである。シェフのこの腕と根気は並のものではない。

(充分な仕事がしてある)

わたしは感服した。

えてして魚料理は、火の通し方に微妙な火加減が要求されるものである。

しかしここまでくれば、この火の通し方はシェフ独自の方針と明確な主張としてとらえるべきであって、わたしはむしろすがすがしい思いがしたくらいであった。

**評価☆**　本来なら星なしなのだが、サバ料理の独自性を買って星一つとした。今後の精進をのぞみたい。

## 高山食堂（仮名）

八人ほどのカウンターにテーブルが二つという店である。

ランチタイムをはずして行ってみると、ここのシェフはランニング姿で競馬新聞を読んでいた。ランニングは、定食食堂のユニフォームとしては「略装」である。

ここも夫婦ものらしい二人組である。

定食屋というところは、レストランのようにメニューの選択に充分な時間がとれない。どうしてもせかされる。

夫婦二人して、（一刻も早く注文を）という切羽つまった眼差《まなざ》しでわたしを見つめている。それほど切羽つまった状況とは思えないのだが、二人は息さえつめているようだ。

ここでは、イカフライと冷《ひ》や奴《やっこ》と焼きのりをオーダーした。

まず水が出る。水は水道の水だがグラスはいいものを使っている。サッポロビールというネームの入ったメーカー品である。

注文を受けると略装のシェフは競馬新聞を折りたたんで天ぷら鍋《なべ》に火をつけた。クーラーはないが風の通りがよく、それほど暑くはない。風の通りには二つ星をあげられる。まず冷や奴が来た。一丁の八分ほどのでかい豆腐が皿にのっかっている。おろし生姜《しょうが》も糸ガツオもついてない。

まるで仕事がしてない。

続いてゴハンが到着した。盛り方は先述の店より丁寧だったが中身がひどかった。だいたい定食屋のゴハンはうまくないものだがそれにしてもここのはおそろしくまずい。古々米というより古々々米というやつらしく、まさかこんなゴハンは来まいと思っていたからわたしの落胆はひどかった。

おいしいゴハンは一粒一粒が立って輝いているものだが、ここの米粒は長年の貯蔵にすっかり疲れきって全員横になって寝てしまっている。

わたしはシェフのイカフライを揚げる手つきをじっと見つめた。揚げものの名人は、ネタにどの程度火を通すかに精魂を傾けるという。音と色に目と耳を凝らすという。

しかしこのランニングのシェフは、どう見ても精魂を傾けているようには見えない。

第一凝らす目に光がない。

鍋をのぞきこむ姿勢に力がない。

イカフライは量だけは豊富であった。

短冊型の、占いの筮竹《ぜいちく》大のものが五本、刻みキャベツを従えて湯気をあげている。

フライの油切れがわるい。わるいというよりぜんぜん油切りをしないのだ。油のしたたるフライなのだ。中身はモンゴウイカであった。

これがおそろしく堅くてなかなか嚙みきれない。なんとか本体は嚙み切ったのだが、イカの皮がむいてないために、皮の部分がゴムのように伸びる。それを強引に箸と歯で引っぱると、イカがスッポリとコロモから抜け出て裸になってしまった。
定食屋のイカフライのイカが、コロモから抜け出るぐらい悲しいことはない。
コロモにポッカリあいた空洞を見つめ、だれしもしばし悲嘆にくれる。裸のイカを再びその空洞に収納し、改めて食べてみたのだがイカにまるで味がない。

なんとかしてこのイカのどこかに、イカの味をさぐりあてようとするのだがどうしてもイカの味がしない。ソースをダボダボかけないとゴハンのおかずにならないのだ。シェフは素材のうまさで勝負することを避け、ソース（キッコーマン）のうまみで逃げようとしている。この安易な姿勢は、定食屋全体に共通することなので、あえてここで指摘しておきたい。

焼きのりは袋に入ったまま供されるので、まるきり仕事がしてないことはいうまでもない。

ランニングのシェフは、フライを揚げ終わると、すぐ再び競馬新聞に取り組んだ。今度は、その目の凝らし方、のぞきこむ姿勢、いずれにも充分力があり、精魂傾けている様子がありありとわかる。

長年にわたって研鑽《けんさん》をきわめた自分の世界に対する静かな情熱、そういったものが見る者にひしひしと伝わってくる。

**評価** 当然星なし。今後の精進も期待しない。定食好きは近寄るなかれ。

## 阿部食堂（仮名）

定食食堂でありながら、天丼、かつ丼、カレーライス、チャーハンもあります、という店はよくない。

前述の二店がそれであった。

この阿部食堂はそういったものを一切排除して、定食屋としての威厳を保っている。店も清潔、材料の配置にも気を配っているらしくシェフは手際よくテキパキと料理をつくる。

ここでは、アジのフライ、ホウレン草のおひたし、納豆、冷やしトマト、上新香をオーダーした。ここの基礎（ライス、味噌汁、おしんこ）は百七十円なのだが、メニューには「定食は三百二十円以上の注文をしてください」とある。つまり「基礎」のほかに最低百五十円以上のものを注文してくれといっているのだ。

また、「肉豆腐（鍋）三百五十円」のところには「こちらで煮ます」という但し書きがついている。

いろいろ細かい指示があるのだが、これはこのシェフの、それなりの自信のあらわ

れとわたしはみてとった。

はたしてアジのフライは絶品であった。

火の通し方は精妙にして巧緻、定食屋風のカリッとした揚げ方で、いわゆる名店とはちがった揚げ方である。わたしはそこに、シェフの何かを伝えようとする明確な意志を感じとったのである。

カリッと揚がったコロモのトゲトゲが口蓋《こうがい》を心地よく刺激する。それを噛みしめると、中心のアジのジューシーなうまみが口の中いっぱいにひろがる。それがブルドックのソースとうまくからみあって絶妙なハーモニーをかもし出している。

わたしは思わず揚げ手のカオを見た。

（やりましたね）

わたしの目がそう言っている。

（わかってくれましたか）

シェフの目がそう応《こた》えている。

五十前後であろうか、定食一筋にかけた頑固な職人のカオがそこにあった。

添えられたカラシも充分からく、キャベツの刻み方も丁寧である。

わたしは納豆に目を向けた。ネギの刻み方がかなり厚い。しかし厚さはみな一定で厚かったり薄かったりということはない。

統一性という点では申し分のない仕事というよりほかはない。

冷やしトマトはなんのケレン味もなく丸ごと一個、包丁の冴《さ》えもあざやかに白い皿のまん中に置かれている。白い皿に赤いトマト。わたしはそこに、シェフのなみなみならぬ盛りつけの力量をみた。

トマトは充分冷たく、よく熟れ、嚙みしめると酸味がほどよく効き、ほのかな甘みもあり、わずかなエグミと共に、フレッシュなジュースをほとばしらせながらノドの奥にすべりこんでゆくのであった。絶品であった。

わたしはこのなんの変哲もないトマト料理に、このシェフの素材への熱い眼差しを感じとったのである。

なんの仕事もしてないではないか、と人はいうかもしれない。しかしこの場合は、なんの仕事もしてないことが仕事なのである。

問題はホウレン草のおひたしであった。

材料の新鮮さ、ゆで方の確かさ、上にかけた糸ガツオの質、いずれもシェフの力量を感じさせるものではあった。

だが水切りがよくなかった。

器の底のほうにいくに従って、ホウレン草が水っぽくなっている。これは恐らく、前もって器に盛りつけて冷蔵庫にしまっておくせいだと思われる。だから時間がたつにつれ、底のほうが水っぽくなっていくのだ。このあたりシェフに一考をうながしたい。

ゴハンは、今回取材した中では一番熱く、米もよいものを使っているようだ。

味噌汁の豆腐も角が立っており少しも煮くずれていない。上新香はキュウリの糠漬《ぬかづ》けで、糠の香りの充分立ったおいしいものであった。

ただ、定食食堂には不可欠の雑誌類に、片寄りがみられたのが残念だった。

備え付けの雑誌が、少年ジャンプとか少年マガジンなどの少年物ばかりなのだ。

もっとアダルト物にも力を入れてほしい。

**評価☆☆**　三つ星を献上したい店だが、ホウレン草の水切りがわるかったのと、備えつけの雑誌に片寄りがみられたので、あえて二つ星とした。今後充分三つ星を狙《ねら》える店として期待したい。

# 2章 偏愛メニュー編

# わが愛するレバーよ

雨がしっとり降っています。

空気もしっとり。

こういう日ってレバーが似合うと思いませんか。

雨とレバー、ふつうの人ならちょっと思いつかない取り合わせだが、ぼくにとってはぴったり。

レバーの固まりの表面はいつだってつやつやと濡れてしっとり。

薄く切ってあるレバーなんか、一切れ一切れ、その切り口はぬれぬれに濡れてしっとり。

好きですね、レバーのあのしっとり。

なんか訴えてくるものがある。

レバーの血の色をしたあの切り口がぼくに何かを訴えている。

特に雨の日のレバーの切り口は情感にあふれている。

レバー日和というのかな。

ぼくは断然「肉野菜炒め」という人がいたら困るな
レバニラ炒め
肉野菜炒め
こっち!!

雨の日はふとレバーを食べたくなる。

何しろレバー日和ですからね。

レバーの固まりを目の前にすると、
ぼくはいつも、

「頼もしい奴」

と思い、向こうも、

「頼ってくれていいよ」

と言ってくれる。

黙契《もっけい》というのかな。

お互い見つめあって、

「わかっているよ」

と、うなずきあう。

レバーとうなずきあう男なんて、か

っこいいじゃないですか。

ぼくに限らず、男とレバーは信頼関係にある。

何人かで焼き鳥屋に行って注文するとき、

「タレで焼き鳥4本と手羽とつくねと……」

と一人が注文していると、
おしぼりで顔を拭きながら、ボソッと、

「レバーもね」

と言う人が必ずいる。

そのとき誰もが、

「そう、レバーもね」

と思う。

注文の冒頭にレバーは出てこないが、途中で必ず出てくる。

必ず、というところに、男たちのレバーへの熱い思いが感じられる場面である。

レバーとくればレバニラ炒め、ぼくの場合は他の料理はほとんど考えられない。

レバ刺しというのもあって、ぼくはあれはあれで好きなのだが、料理として出てきたときの姿が暗い。

小皿に載っていかにも、内臓を切り取りました、という姿で出てくる。

そこのところに暗い出来事を感じる。

ゴマ油で食べるから、もともとデロデロ、ヌルヌルしているものが舌の上でヌラヌラし、一瞬、怪異なものを口に入れてしまったような暗い気持ちになる。

レバー好きのぼくでさえこうだから、レバーが嫌いな人はゾッとする一瞬なのではなかろうか。

モヤシも入っているのだから、ちゃんと「レバニラモヤシ炒め」と言うべきだ
「モヤシ」を付け加えたところで一秒もかからないだろうに
モヤシファン

そこいくとレバニラ炒めは明るい。

なにしろ湯気がモーモーと上がっていて元気はつらつ。

ニラの緑色が健康的だ。

それに対比するモヤシの乳白色。

その両者の間に見え隠れしているのが、薄茶色ではあるがレバニラ炒めの真価を一身に背負っている頼もしいレバーである。

レバニラ炒め定食。

そう、レバニラ炒め定食こそが、レバニラ炒めの盛名を高からしめる最高の組み合わせなのである。

そう、ゴハン。ゴハンと組み合わせてこそ、レバニラ炒めはその真価を発揮するのだ。

合うんですねえ、ゴハンと。

ほどよく火の通ったレバーの歯ざわりは、ちょっとサクッとしたような、粘りが少しあるような、少し苦いような、血の味も少しして、まさに内臓の味、滋養の味。

レバーの少ししつこい味が口の中に広がったところへモヤシのシャキシャキ、ニラのシンナリが清涼をもたらす。

レバニラ炒めはどういうわけか、あれは煮汁とは言わないのだろうが、煮汁みたいなものがわりに豊富で、この汁に濡れそぼったニラがおいしいんですね、この汁にまみれたモヤシがおいしいんですね、この濡れそぼりものとまみれもので一片のレバーを包みこんで、少し汁をたらし気味にして食べるライスがおいしいんですね。

もう、たまりまへん。どうにもなりまへん。

誰が考え出したのかわからないが、この、ニラとモヤシとレバーの組み合わせ、このタッグ、強力にして滋養満点、味最高。

定食屋や町の中華屋の定食の傑作中の傑作だと思う。

同じような料理に肉野菜炒めというのがあって、レバニラ炒めのレバーを肉に変えたものだ。

定食屋や中華屋のメニューでは、この両者はいつも隣り合っているのだが、レバニラ炒めの隣の肉野菜炒めが何とも見すぼらしいこと。

レバーの存在感の何とも大きく立派なこと。

味も栄養も満点だと思うから、レバニラ炒めを食べている人の表情は明るい。

希望に満ちている。

それに比べ、レバ刺しを食べている人の表情の暗いこと。

ぼくはこれまでレバ刺しを、明るく希望に満ちた表情で食べている人を見たことがない。

もっとも、レバ刺しを嬉しそうにニタニタしながら食べている人がいたら気持ちわるいけどね。

近年、ホルモン焼きブームとかで、胃とか腸とか心臓、膵臓などが幅を利かせてきており、

レバーの存在感がこれまでより薄くなりつつある。
たとえそうなっても、ぼくとわがレバーの信頼関係は、永久に不滅です。

# 「天丼屋のオバチャンは……」

天丼が急に食べたくなって、行きつけの天丼屋に向かった。

天丼を食べたくなった場合は、ふつう蕎麦屋に行く。

高級な食生活をしている人の場合は天ぷらの専門店に行く。

誰にも行きつけの店はある。

行きつけの寿司屋、行きつけの鰻屋、行きつけの天ぷら屋……。

そういうわけで、わたくしにも一応、天丼を食べる行きつけの店があるのでその店に向かった。

天丼のチェーン店「てんや」である。

どこそこの「てんや」と書くと、いろいろさしさわりがあるような気がするので、
JR中央線の、とある駅近くの「てんや」としておきたい。

好ま
しーなー
初々しいオバチャン
推定年齢(46歳)
仮名ならぬ 仮顔です
ピッ
てんや
たれ

14時05分、男は、その、とある「てんや」に入って行った。

男はカウンターの一番右はじにすわった。

そのとき、店内の客、十一名。

男のすぐあとに女性客が続いて入り、男の右側のテーブルにすわった。

その女性、推定年齢六十四歳。

男が、メニューを見ながら何にしようかと思案していると、その六十四歳はテキパキと、

「天ぷら定食」

と、お茶を運んで行った女性従業員に注文した。

その女性従業員の推定年齢四十六歳、丸ポチャ、どうやら新米のパートらしく、態度に緊張感があり、そして初々しいのであった。

（好ましいオバチャンだな）

と男は思うのだった。

その初々しいオバチャンは厨房に向かい、

「オーダー入ります。天ぷら定食」

と初々しく言うのだった。

男はまだ迷っていた。

四九〇円の天丼にするか、その上の五四〇円の上天丼にするか……。

そのとき、六十四歳が、四十六歳に向かって、

「あ、あの、天ぷら定食二つ、お持ち帰りで。あ、あの、それ、ゴハン大盛りでね。それで、あ、あの、こっちのゴハン、半分にしてね」

と、ややこしいことを言うのであった。

初々しいオバチャンは、そのややこしいオーダーに少しもたじろぐことなく、厨房に向かって、

「お持ち帰り二つとも大盛り。お店の定食はゴハン半分」

と冷静沈着に告げるのであった。

（難局にも動じることのない、キモのすわったヒトだ。ますます好ましいオバチャン

だな）

と男は思うのだった。

と同時に、大盛りとか半分とかは、最初の時点で言うべきではないか、（まったくグズなオバチャンだな）

と、男は六十四歳のほうを非難の目で見るのであった。

「上天丼」

男はようやく決断したらしく、初々しいオバチャンにそう告げた。

上天丼はただちに厨房に告げられた。

14時07分、男が入店してからすでに二分が経過していたのであった。

「上天丼」と告げたあと、（お新香も欲しいな）と思い、男は「お新香も」と、あわててお新香を追加した。

多分、六十四歳のオバチャンは、この男のことを（グズなオジチャンだな）と思ったにちがいない。

上天丼が来るまで、男はメニューに目を注いでいた。

並の天丼の内容は、エビ①イカ①キス①カボチャ①シシトウ①となっていて四九〇円。男が注文した上天丼は、エビ②カボチャ①ナス①シシトウ①となっていて五四〇円。

（これなら並のほうがよかったのではないか）

と男はハゲシク後悔するのであった。

14時11分、後悔の上天丼到着。

天ぷらが熱い、ゴハンが熱い、味噌汁が熱い。

まず熱い味噌汁をひとすすり。

二本のエビ大きく、総数五ケの天ぷらは丼をおおい、これでは天ぷらが多すぎるのではないかと思わせるほどのボリュームだった。

（これならお新香要らなかった）

取るんじゃなかった、と、男は後悔するのであった。

後悔しつつ、お新香に醤油をかける。

お新香は大きな大根の漬物三切れ、大根の葉の茎のとこ十八本、かなり量の多いお新香だ。

食べてみるとけっこうしょっぱい。

(これなら醤油かけるんじゃなかった)

男はまたしても後悔するのであった。

エビを一本食べ、シシトウを食べ、カボチャ半分、ナス半分、丼全体の量がちょうど半分になったところでちょうど五分が経過。

(ということは、あとの半分を五分で食べればいいわけだ)

上天丼(540円)
エビがナスを枕にしてる
シシトウ
カボチャ
てんや


と、男はなぜか、〝ラーメン三杯二十分以内に食べればタダの上に五千円進呈〟の心境になってあせるのであった。

あせったあと、

(十分で食べることに何の意義があるのか)

と思いハゲシク後悔するのであった。

そういえば、天丼屋のパートのオバチャンが初々しいことと、その職務とどういう関係があるのか、と思い至り、このことでも後悔するのであった。

後悔だらけの食事だったな、と男は思うのだった。

# 懐かしやスパゲティ・ナポリタン

いま、おやじとこじゃれたイタリアンの店に行くと次のようなことになる。

おやじ一名、ほか男女とりまぜた若いもん四名、こういうグループで出かけて行ったことにしましょう。

部長とその部下ということになりましょうか。

テーブルについて各自それぞれメニューを見ている。

やがておやじがポツリと、

「パスタってスパゲティのことだよな」

「……」

沈黙があったあと、

「ま、そうですね」

と、誰かが仕方なさそうに答える。

「エート、それでは……」

と、おやじはメニューに見入り、

「ナニナニ？　ボンゴレ？　カルボナーラ？　ボロネーゼ？　ペペロンチーノ？……ナポリタンはないの？　この店」

とつぶやき、黒服を呼び寄せて、

「ナポリタンはないの」

「ございません」

「いつからやめたの」

「開店以来ずうっとございません」

「どうなってんだ、この店は。けしからんなあ。ここは一流店だろ」

「はい」

といったような展開になっていく。

おやじは不満で、

「大体さあ、イタリア料理の店って店名とか料理名がキザッたらしいよな、イル・ジェメッロとか、タリアテッレとかヴォイエッロとか、促音の下にラ行がきたらおれたち日本人はそういう言い方がないから発音しづらくてしょうがないんだよ。ほんとに、もー」

と、ブツブツが続く。

突然ですが、わたくし、このおやじの味方です。

わたしらの世代は、スパゲティ史の第一頁はナポリタンでスタートしました。

というより、ナポリタン以外のスパゲティがなかった。

スパゲティ、即、ナポリタン。

ケチャップで味つけされていて、具はウインナソーセージを薄く輪切りにしたものとか、ハムとか缶詰のマッシュルーム、玉ねぎといったところ。

口に入れればとにかくねっちゃり、そしてべっちゃり、かつ、もっちゃり、皿の上でぐっちゃり。

ナポリタンは〝四大ちゃり〟でなければならなかった。

なぜ四大ちゃりかというと、ナポリタンは茹でたてであってはならず、茹でおきでなければならなかった。

大量に茹でておいて、客の注文があると、フライパンで具といっしょにケチャップで炒めて出す。

多分、あの当時、アルデンテとかいうものを客に出したら、客は怒って大騒ぎになったと思う。

特にさっきのおやじなんか、

「客に生を食わせるのかッ」

と騒いだと思う。

多分いまでもさっきのおやじは、

「なーにがアルデンテだ」

とアルデンテに反感を持っているはずだ。

わたくし、このおやじの味方です。

なーにがアルデンテだ。

わたしらはね、うどんで育ってるのッ。うどんはコシッ。もっちりしたコシッ。スパゲティはかっちりしたコシだろーが。そういうのはね、わたしら、芯があるっていうのッ。

生だって言ってんのッ、そういうのは。

でも空しいなあ、世はあげてアルデンテの時代に、焼きうどんのようなスパゲティを支持するのは。

わたしら、ついうっかりしていて、スパゲティが変貌していくのに気がつかなかった。

ずうっとスパゲティとはナポリタンのことだと思っていて、ふと気がつくとペペロンチーノになっていた。

つい、このあいだも若い人に、

「スパゲティナポリタン・ミートボールって知ってる？」

と訊いてまわったところ、十人が十人とも怪訝な顔をしていた。

「こうね、挽き肉のお団子みたいなものがスパゲティの上にのっかっていてね。ミートボールがついてると嬉しくてね」

と言うと怪訝度は深まるばかりだった。

# ナポリタンはつけ合わせとして健在

「わたしらのころはね、ナポリタンは喫茶店の定番でね。にっちゃり仕上がったナポリタンの上に粉チーズとタバスコをいっぱいふりかけてね」

と言うと、若い人たちは、

(その話、早く打ち切ってほしい)

という態度をあらわにするのだった。

聞くところによると、ナポリタンは日本独特の料理で、イタリアにはそういうものはないという。

いまとなっては、ナポリタンは人に言えない恥ずかしい食べ物になってしまったのだろうか。

誰にも言えず、しかし懐かしく、ナポリタンについて語り合いたい。

そういう隠れナポリタンは意外にたくさんいるような気がする。

そういう人たちは人目を忍んで会合を開く。

会場の入り口の床には、一皿のスパゲティナポリタンが湯気をあげて置かれている。

入り口のところで、その皿を踏むことを要求されるが、誰一人として踏む者はいない。

内部は暗く、ローソクの光がゆらめく中で隠れナポリタンたちがナポリタンを食べている。もちろんここではミートボールの話に花が咲く。喫茶店の話で盛りあがる。

こういうところには思いもよらぬ意外な人がいるものだ。

おや、あそこにいるのは、行列で有名な超人気イタリア料理店のオーナーシェフではないか。

# ヨシギュウ一年ぶり

〝二月十一日牛丼復活〟

このことをテレビも新聞も数日前から騒ぎたてていた。

そうか、ついに牛丼復活か。

ぼくも色めきたった。

十一日だけの限定ではあるが、あの懐かしの吉野家の牛丼が一年ぶりに食べられるのだ。

（二〇〇五年）二月十日、つまりその前夜、ぼくは西荻窪駅前の吉野家に様子を見に行った。

「あす午前十一時から牛丼を開始」

そういう告示が店頭にあった。

その告示にぼくの興奮はさらに高まるのだった。

いよいよあすは熱狂的な牛丼ファンが殺到して大きな騒ぎになるだろう、と、テレビは夜のニュースで煽りたてている。

このプランプランがいいねと君が言ったから2月11日は牛丼記念日
プランプラン

このときの吉野家の店内は、この一年すっかり客の入りが悪くなって二名ほどがひっそりと食事をしているだけだった。

だがあす午前十一時には、この店の前は大騒ぎになるはずだ。

長い行列ができて客が押し合いし、順番をめぐる口論があちこちで起こり、押し倒された人が悲鳴をあげ、警察官出動という事態になるかもしれないのだ。

そしていよいよ当日の朝。

朝から仕事をしていてもソワソワと

落ちつかない。

本日のぼくの計画は〝開店早々の混雑を避けて午後三時ごろ突入〟、というものであった。

正午のニュース。

「大阪の堺市の吉野家に車突入」

そうか、いよいよ始まったな。

興奮はいやがうえにも高まる。

「十時半過ぎ、吉野家に六十三歳の男性が運転を誤ってバックで突入」

「怪我人七人が出たが行列は少し崩れただけで店はそのまま営業を続行」

これが興奮せずにいられようか。

六十三歳も興奮のあまりバックで突入したのだ。

「どの吉野家も六十名、七十名の行列」

仕事をしながらもいつのまにか足がカタカタと激しく貧乏ゆすりしている。

午後三時、突入せんと吉野家に駆けつけると、店外の行列十七名、店内に八名。

ちょっとたじろいで一旦退却。

午後四時再突入。

こんどは店外の行列なし。店内に六名のみ。

迷わず突入。

店内の行列はテイクアウトの行列だとわかったとき、一席空く。

スバヤク着席。

胸が早鐘のように動悸をうっている。

ぼくは一旦興奮してしまうとなかなか治まらない性格で、席を確保したのに動悸は治まらず、興奮はかえって増進していくのだった。足もカタカタ鳴り出した。

　カウンターとカウンターの間の店員用の狭い通路を、男性店員と女性店員が小走りですれちがいつつ牛丼を運び、客の注文を受け、注文の品を叫んでいる。

「並」

とだけぼくは店員に告げた。

　いつもだったら並にお新香と味噌汁をつけるのがぼくの流儀だ。

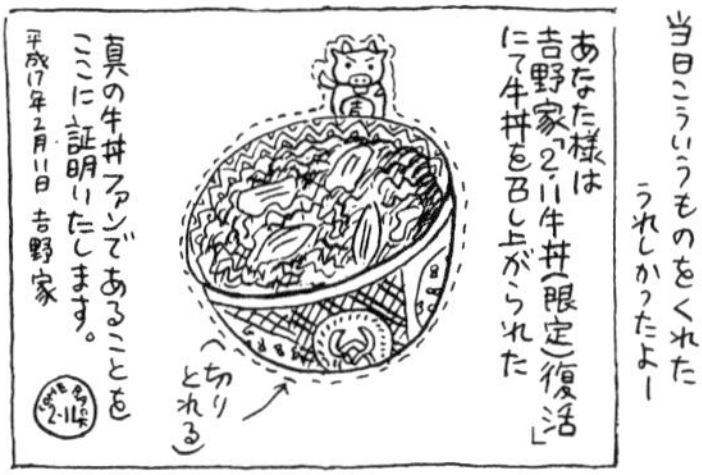
当日こういうものをくれた
うれしかったよー
あなた様は
吉野家「2・11牛丼(限定)復活」
にて牛丼を召し上がられた
(きりとれる)
真の牛丼ファンであることを
ここに証明いたします。
平成17年2月11日　吉野家

だがきょうはこの混雑だ。店員によけいな負担をかけてはならない。

そのとき、ぼくの左隣が空いてそこに青年がすわった。

彼はぼくと違ってとても落ちついており、

「大盛り、ツユダク、卵にお新香」

と、かなりゆっくりした口調で注文している。

(もっと早口で言えーッ)

(ツユダクとか言ってる場合じゃねーだろッ)

(お新香は取るなーッ)

ぼくのカタカタの音はいっそう激しくなるのだった。

牛丼到着。

丼の上にのった肉の一片を引っぱり上げて口に入れれば、わずかに肉を伴ってちりちりとちぢれて伸び縮みする細長い脂身が、口のはじからプランとたれさがる。

ああ、懐かしいヨシギュウ独得のこのたれさがり。

吉野家の牛丼は、おいしいというより懐かしいのだ。

懐かしいこの匂い、懐かしいこのゴハンにタレのしみ具合。

足を激しくカタカタさせながら、なんだかもうすっかりうわずってしまってガフガフと鼻息荒く、あっというまに一杯をかっこんでしまった。

この日の夕方のテレビニュースは吉野家一色だった。

客が牛丼を食べている口元をクローズアップするシーンが多い。

小学生ぐらいの男の子が大口を開けて牛肉を口一杯に押しこんでいるシーンを見たとき、ぼくは思わず中腰になって「あ、あ、あ」と画面を指さした。この「あ、あ、あ」は何だったのか自分でもわからない。

多分、そんなにいっぺんにたくさん口の中に押しこむんじゃねーよ、その肉がどんなに貴重なのかわかってんのかーッコラーッ、というつっこみだったと思う。

こんなふうに押しこんでいたんだよー
くやしいよー
全部肉

翌日。

すっかり牛丼づいてしまったぼくは、牛丼を求めて吉野家と線路をはさんで反対側にある松屋へ出かけて行った。

そうしたらこの一年間、ずうっと静まりかえっていた松屋の店内が満席になっている。

吉祥寺の松屋にも行ってみたがここも満席。

昨夜、牛丼のクローズアップをさんざん見せつけられた人々が、急に〝牛丼に目ざめた人〟となって続々と松屋に集結したのだ。

# カツカレーの誘惑

誰もが猛暑であえいでいるこの時期に、どちらかというと〝暑苦し系〟のカツカレーの話なんか書いて申しわけありません。スイカと氷イチゴなんかの話だったらよかったのにね。

でもカツカレーの話です。

というのは、つい先日、ごくありふれたレストランで、カツカレーでジョッキの生ビールを飲んでいる人を見てしまったからなんです。

その人は三十歳ぐらいのがっしりしたタイプの男の人で、カレーにまみれたカツの一片をガシガシと食べては泡立つ生ビールをゴクゴク飲み、カレーに染まったゴハンを食べ、今度は福神漬を少しポリポリとやってまたグビーッとナマをあおっていたのです。

生ビールのツマミとしてカツと福神漬。ゴハンとしてカレーライス。

意外性がありながら十分に納得がいき、しかも合理性がある。

カツカレーで生ビールをやっているその人を見て、

「あ、いいな」

と思い、

「あ、やられたな」

と思い、なぜか、

「あ、ずるいな」

と思ってしまったのです。

チーズ盛り合わせで生ビールをやっていたわたくしは、〝してやられた感〟でいっぱいでした。うかつであった、という〝うかつ感〟も大きかった。

それでなくてもカツカレーというものは、見た人を、矢も盾もたまらなくするものがある。

見てしまうと誰もが動揺する。

こうしてはいられない、という気にさせる迫力がある。

その迫力の原因を考えてみると、それは、〝立てかけられたカツ〟にあるような気がします。

〝立てかけられたカツ〟が曲者《くせもの》なのだ。大抵の人はこれにやられる。

カツライスのカツは平らに寝ている。カツ丼のカツもやっぱり寝ている。カツに限らず、ステーキでもハンバーグでも、コロッケでも畳でも、大抵のものは寝ているものなのだ。

ところがカツカレーのカツに限って、ゴハンに寄りかかって半身を起こしている。

なんかこう、片ひじついて横になったカツが、オイデオイデをしているような錯覚にとらわれる。この誘惑に大抵の人はやられるのだ。

そういうわけで捲土重来を期したわたくしは、その翌々日、〝カツカレーで生ビール〟を敢然と試みたのでした。

その結果、わたくしは十分な満足と納得を得たのでしょうか。

いいえ、そうではありませぬのでした。(なんかヘンだナ)

何度も何度も首をかしげながら、カツカレーを食べ、生ビールを飲むことになってしまったのです。

カツカレーというものは、実にたくさんの問題点を抱えた食べ物であるということに、改めて思いを致さずにはいられなかったのです。

これまで、あまりそういうことに気がつかなかったのですが、〝カツカレーのカレーには具が入ってない〟のです。本来ならば、肉の小片とか、玉ねぎのカケラとか、ニンジンとか、そういうものが混入していてしかるべきカレーなのに、そういうものがまるで見当たらない。

このカレーは、本来のカレーとして出すカレーソースを流用したものにちがいない。わざわざカツカレー用のカレーソースを作ったりはしないはずだ。

ということは、料理人は鍋の中のカレーソースにおたまを突っこみ、具を避けつつ汁だけすくいあげることになる。

それはそれでいい。具はなくても、カツを壮大な具と考えればいいわけだから。

問題は次のような事態が発生したときだ。すなわち、この店に、部活帰りの男子高校生十名がやってきて、全員がカツカレーを注文した場合だ。

よけいなお世話かもしれないが、カツカレー十人前のあとの鍋の中はどうなる。鍋の中は具だらけで、ゴツゴツしてかき回すことさえできないではないか。

この場合は十人だったからまだいい。もし二十人だったらどうなる。

カレーはカツのソースなのか、それともカツはカレーの具なのか、という問題もある。

カレーは、カツのソースにしては味が薄い。ウスターソースなどに比べて明らかに塩気が足りない。ということは、カレーはカツのソースではないということになる。

そこでカツ本体に、卓上のウスターソースなどをかけることになるのだが、しかし、カツカレーのカツにソースをかけていいものなのか、かけてはいけないものなのか、本来このカツはカレーの味だけで食べるものなのか、いつも、つい周りを見回し、つい、コソコソとソースをかける自分が情けない。
カツカレーのカツは、なぜ半身にだけカレーをかけるのだろうか。
これも不思議といえば不思議だ。

もちろんカツ全域にかけて、カツを見えなくしてしまう店もあるが、半域の店が圧倒的に多い。

全域にかければ、カレーソースがカツ全域によくしみこんで、その分カツのおいしさが増すはずだ。

なんかこう、カレーソースがカツに遠慮しているような雰囲気がある。

カツ様の御尊顔に、汚ないカレーの汁など浴びせては申し訳ない、だけど立場上、ちょっとだけ失礼します、

というような様子がうかがえる。
もっと自信を持て、自信を。（どういう自信だ？）
と、なんだか、疑問やら文句やらつけつつも、また次回、レストランなどでカツカレーを目のあたりにすると、動揺して注文してしまうんですね。

# 幸せの黄色い親子丼

親子丼というと、急に気がゆるむってことありませんか。

気がゆるむというか、気を許すというか。

たとえばカツ丼だと少し身構える。

いい肉使ってんだろうな、ちゃんとしたもの出せよ、なめんなよ、と意気込む。

天丼も同様。

海老、貧相じゃないだろうな、手ぇ抜くなよ、甘くみるんじゃないよ、と肩をいからす。

ところが親子丼ということになると急に肩から力が抜ける。

意気込んだり、肩をいからせたりすることがない。

心静かに親子丼が到着するのを待っている。

かっこむ
ハゲシイ動き
ハゲシイ流入
ハゲシイ喜び！

なぜか。

話は急に変わるが、飛行機は飛ぶ前に点検整備をする。

機械の各部はちゃんとしているか、配置具合に不備はないか。

丼物にも実は同様のことが行われている。

カツ丼の場合だと、肉の厚みはどうか、何切れに切ってあるか、とじてある卵の火加減はどうか。

それらを点検したあと、カツの並べ方が乱れていればきちんと並べ直して整備する。

天丼だと海老の大きさ、太さ、揚がり具合はどうか、中には海老を持ち上げて裏側の湿り具合を点検したりする人もいる。

自分の流儀に合わせて海老天とあなご天の位置を入れ換えて整備する人もいる。

ところが親子丼の場合は、この点検整備ができない。

すでにもう、どこもかしこもちゃんと整備されている。

持ち上げて裏側の湿り具合を調べようにも持ち上がるものがない。

自分の流儀に合わせて並べ換えようにも並べ換えるものがない。

それともう一つ、親子丼には正面がない。ないというか判然としない。

カツ丼なら、カツの幅が広い方を左側にした手前が正面。

天丼なら海老の頭を左側にした手前が正面。

店員が正面を間違えて置いた場合は、正しい正面に直してから食べ始める。

親子丼の場合は正面が判然としないから店員の置き方が間違っているかどうかわからず、直そうにも直しようがないのだが、なんとか直そうという気持ちはあり、思わず丼に両手を添えたりするのだがどうすることもできない。

つまり親子丼には無抵抗で対応するしかないんですね。

身構えたり、意気込んだりしても意味がない。

その上、カツ丼や天丼のように、「何から手をつけるか」がない。

カツの左はじからいくか、海老天はあとにしてキス天からいくか、という選択がない。

親子丼のGY
KY(空気読めない)ならぬ
あとどのぐらいゴハンがあるのか
あとどのぐらい肉片があるのか
G具が
Y読めない

親子丼が目の前に置かれたら、いきなりホジリ始めるしかない。

カツをいじる、海老天をいじる、といった、最初ちょっと具をいじってから食べ始めるというところが丼物の楽しさなのだが、そういうのなしで、いきなりホジリ始める。

これが意外にこたえる。

空しいような、寂しいような、悲しいような……。

それでもホジルよりほかないのでホジリを開始するわけだが、どのへんからホジリ始めるかという迷いが生じる。

意外にこれ、迷うもんですよ。

いきなり真ん中から、というのもなんだし、なんて思い、別に、なんだし、なんてことないのにそう思い、とりあえずフチのあたりからコソコソホジリ始め、別にコソコソする必要なんてないのにコソコソと少量ホジってイジイジと口に運ぶ。

カツ丼や天丼は、主役のカツや海老天を食べてはゴハンを食べる。

いま箸で主役をつかみました、食べました、次ゴハンいきます、というふうに主役とゴハンの区別がはっきりしている。

親子丼の場合はそのへんがはっきりしないんですね。

全体がグズグズになっているから、どのへんからどのへんまでが主役で、いまどっちを口の中に入れてどっちを噛んでいるのかはっきりせず、次の一口もはっきりせず、結局はっきりしないまま食べ終えることになる。

でもこれが親子丼の良さなんだと思う。

主役、めし、主役、めし、とテキパキ食べず、のんびり、ぼんやり、だけどゆっくりとおいしい、これが親子丼の親子丼たるゆえんなのです。

最近の親子丼の傾向として、具の液状化現象がある。

昔の親子丼はスの立った茶わん蒸し状態まで火を通したが、いまの具はかなりゆるゆるになっている。

丼を左に傾けると具が左にゆあーん、右に傾けると右にゆよーんと中也《ちゅうや》状態のものが多い。

割り下の量も多く、したがって丼の底のほうまでゆる

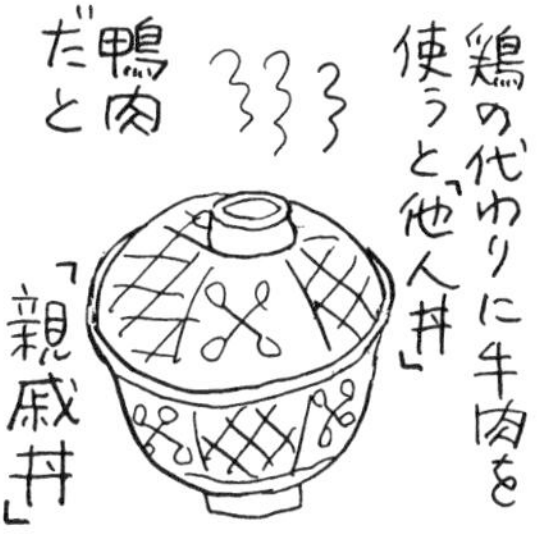
鶏の代わりに牛肉を使うと「他人丼」
鴨肉だと「親戚丼」

ゆるの汁がゴハンにしみわたっている。

丼物の魅力は〝かっこんで食べる〟ところにあるといわれている。

かっこみ食いのクライマックスは最後の一口に訪れる。

最後の一口となったゆるゆるのゴハンを、いよいよだぞ、と自分に言いきかせつつ、丼のフチを口のところに持っていき、もう一度、いよいよのいよいよだからな、と言いきかせ、丼の底を一挙に高く上げると、ゆるゆるの割り下を含んだゆるゆるの卵がゆるゆるのゴハンと共にズルズルと口の中へ流入し、その流入を励ますように激しく箸を動かせば口一杯の、ああ、親子丼の黄色い幸せ。

# レストランのイモコロッケ

あなたは、コロッケというものをどのようにとらえていますか。

「あんなものはね、ビタビタってソースをかけて、ジャキジャキって箸で突きくずして、バクバクって食べればそれでいいの」

というふうにとらえている人が多いのではないか。

そういうことでは困る。そういうことでは困る場合が出てくる。

たとえば、ちゃんとしたレストランでコロッケが出てきたらどうするか。もちろん、カニクリームコロッケとかの高級コロッケではなく、ちゃんとしたイモコロッケが出てきたらどうするか。

しかも、テーブル上には箸はなく、ナイフとフォークが出ている。

しかも、テーブルにはテーブルクロスがかかっているという、かなりちゃんとした

レストランだ。

しかも、かつては、文豪夏目漱石が愛用していたという、由緒と伝統に輝くレストランだ。

そういうレストランでありながら、メニューにイモコロッケがあるのだ。

さあ、どうする。

そういう名店で、ナイフとフォークをあやつって、どうやってイモコロッケを食べる？　ソースビタビタ、箸ジャキジャキが通用しない世界があるのだ。

神田淡路町の一角、洋食屋特有のまっ白なノレン、洋食・松栄亭の文字。ノレンに桜の花びらがヒラヒラ。ランチタイム。

上着を脱いだワイシャツ姿のサラリーマンがあっちからブラブラ、こっちからブラブラ。OLもブラブラ。

二十席ほどの小さな店。

壁にメニュー。

一枚の板にズラッと、というのではなく、〝一戸建て〟と言うんですか、一つの板に一つのメニュー。

オムレツ、メンチカツ、ハンバーグ、ポークソテー、ロールキャベツ、ハムサラダ、チキンライス、カレーなど、洋食屋特有のメニューがズラリと並んでいるその中に、ありました、「コロッケ　600円」の文字が。

強豪居並ぶメニューの中に、ひるむことなく、わるびれず、堂々と肩を並べているのである。

なんだか、東大の合格発表の掲示板の中に、わが子の名前を見つけたような感動を覚える。

「あった！」と、思わず叫んで、合格電報を打ちに店の外に飛び出して行きたい衝動に駆られる。

店の中は満員だが、じっと耳をすまして聞いていても、「コロッケ」という注文の

# 松栄亭のコロッケ

声は聞こえてこない。

「オムライス」「カレー」「メンチ」などの声ばかりだ。

きわめて愛想のいいオバサンが、テキパキと注文を聞いてまわっている。

たぶん経営者の奥さんらしいその人は、奉仕と愛想にあふれ、もし、全国愛想コンクールというものが開催されたら、まちがいなく中年の部で優勝するにちがいない。

ぼくの「コロッケ」という注文に「かしこまりました」と答える。

たかがコロッケに「かしこまりました」だぞ。ぼくも嬉しかったがコロッケも嬉しかったにちがいない。

生まれて初めての〝厚遇〟に、嬉し涙を流したにちがいない。

コロッケくる。コロッケが二個。きざみキャベツを下に敷き、トマトとパセリを従えた堂々の晴れ姿。

コロッケが熱い。

思わず「あちー」と言うほど熱い。

ゴハンが熱い。

思わず「あちー」と言うほど熱い。

あちーゴハンとあちーコロッケが嬉しい。

コロッケは小判型ではなく、紡錘型で、まん中に厚みがある。合挽き肉に男爵イモという、由緒正しい〝純粋雑種系〟のコロッケである。

これに「ツバサウスターソース」をかけて食べる。

ナイフとフォークは紙ナプキンに包まれて出てくる。

おもむろに紙ナプキンを広げ、左手にフォーク、右手にナイフを構える。

左手のフォークでコロッケを押さえ、右手のナイフで切りとり、左手のフォークの先のコロッケを口に運ぶ。

これまで、箸でジャキジャキやられるだけだったコロッケにしてみれば、何という〝厚遇〟であろう。厚遇につぐ厚遇で、コロッケはどんなにか嬉しいことであろう。

しかし、コロッケに対してナイフとフォークをあやつっているほうは、何だかてれくさい。モーニングの礼装で犬の散歩をしているような、野球のキャッチャーの装具をつけて盆栽の手入れをしているような、何だかヘンテコな気分だ。

それに、何だか引け目を感じる。

格式のある洋食屋で、やはりコロッケというのは何だか格落ちの感じがある。現に、店の中では誰もコロッケを食べていない。相席の正面のサラリーマンはオムライスを食べている。

オムライスは６８０円で、コロッケの６００円と80円しか差がない。

たった80円しか負けていないのに何だか大敗を喫したような気分になる。

何だかくやしい。

コロッケそのものは、旨くて飛びあがるというほどのものではないが、肉たっぷり、じゃがいもの味のしっかりしたコロッケだ。

それになぜか、かなりの甘みがある。

コロッケに入れる肉と玉ネギは、ふつう炒めてから入れるが、この店では「玉ネギと肉は先に火を通さないほうが甘みが出て旨い」という方針なのだそうだ。こんど作るとき、ぜひためしてみたいものだ。

こんどこの店には夕方くることにしよう。まずハムサラダと串かつ（６００円）でビールを飲み、コロッケと漬物（100円）でゴハンを食べることにしよう。飲み足りなかったら、清酒（350円）というテもある。

そういう嬉しい店なんですね、この洋食屋は。

# 「カツ牛カレー丼」はあるか？

昼めし何にしようか、と迷い、最終的にカレーかカツ丼か、ということになったとする。

カレーでもいいような気がするし、カツ丼にも大いに心を引かれる。

よくある迷いだ。

こういう場合は簡単だ。

カツカレーというテがある。迷いは一瞬のうちに解決する。

では、カツ丼か牛丼か、という場合はどうなのか。これもよくある迷いだ。この場合は一瞬のうちに解決するというわけにはいかない。

カツ牛丼というものはないからだ。

と思っていたら、あるんですねこれが。カツ丼に牛丼のアタマをかけたカツ牛丼を売り物にしている「三品食堂」という店が早稲田にあるという。

ウン、わかった、そういう店があるということはよくわかった。

じゃあ、カツ丼か牛丼かカレーか、この三つで迷った場合はどうする？

三品食堂のTシャツを着て
早稲田精神を高揚させつつ
「ミックス」を
食べる
オジサン
この人物は
架空の人物です
SANPIN
SHOKUDO
店内で一五五〇円
で売ってます

いくらなんでも、カツ丼と牛丼とカレーがいっしょになった丼物はない。

と思っていたら、あるんですねこれが。どこにあるかというと、やはり「三品食堂」にある。

この食堂の名前はサンピンと読む。

メニューに、カツと牛丼とカレーの三品しかないので三品と名付けたそうだ。なんとも明解というか、いいかげんというか、店主は物にこだわらない性格のようだ。

ちなみに、この三者の合同丼を店主は何と名付けているか。

いろんな名前が考えられるが、ここでは「ミックス」と名付けられている。店主は物にこだわらない性格のようだ。

早稲田大学の西門のすぐそばに「早稲田名物　牛めし　食堂三品」の立て看板が立っていて、カウンターだけの十五席ほどの店だ。

牛めし、とあるように、この店は丼ではなく皿が用いられている。

入口のところに、

「カツ牛かカレーかで迷ったらミックス」

という貼り紙がしてあって、ミックスの生写真が貼りつけてある。

この「三品」のある通りは、ほかにも食堂が軒をつらねていて、歩いてみるだけでも楽しい。

なぜ楽しいかというと、まずどの店も値段が安い。

ラーメンでもカツ丼でも焼魚定食でも、どんなものでも四百円から六百円だと思えばいい。七百円台のものはめったにない。

それに、どの店もボリュームがすごい。普通の店の一・五倍はある。

一・五倍の大きさのサンプルが店頭にズラリと並んでいる様は壮観だ。

もう一つ、学生の街だけに、メニューに揚げたものが多い。カツだとか、メンチだとか、鶏唐揚げ、天ぷらなどが幅を利かしている。

〝青春は脂だ〟ということがつくづくよくわかる。

「巨大、廉価、脂」、この三つが学生街の食堂の売りものだ。

「三品」の牛めし、カツカレーは三七〇円。カツ牛、カツカレーが五七〇円。これらに玉子をつけると四〇円増しとなる。

壁面に、カツとカレーと牛めしを組み合わせたメニューが、二十七種類、ズラリと一覧表になって貼り出してある。牛めしとカツとカレーと、その大中小の組み合わせである。

店に入ってきた学生は、口々に、

「カツ牛玉」

「大玉ミックス」

「中カツ牛」

「赤カツ玉」

などと注文する。

赤は特大を意味するらしく、「赤カツ玉ミックス」は「特大カツ牛カレー玉子つき」と翻訳

学生は
例外なく
マンガ雑誌
持参で
やってきて
これを読みつつ
ひっそりと食べる

することができる。

二名のオバチャンが、これらの注文を受け、オウム返しに店主に中継する。メニューの読み方も厳格に決まっているらしく、

「大《だい》ミックス」

と注文した新入生らしい学生は、オバチャンに、

「大《おお》ミックス」

と中継され、深く傷ついた面持ちで椅子にすわった。

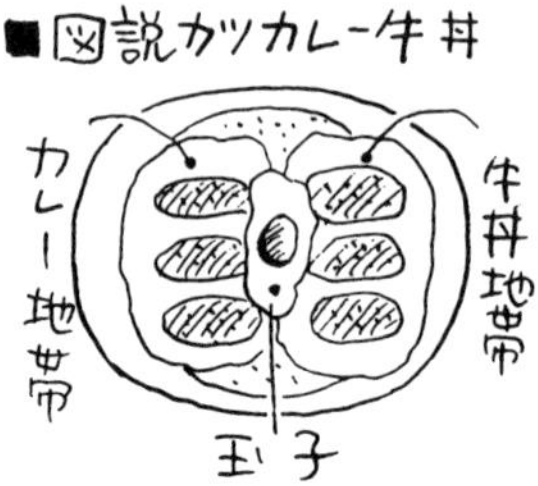
■図説カツカレー牛丼
牛丼地帯
カレー地帯
玉子

顔色が青い。

青春に挫折は付きものだ。

これを乗りこえて、強く雄々しく生きていって欲しい。

ぼくは「玉ミックス」を注文した。

やや小さめではあるが、カツが一枚ついて、牛丼のアタマがついて、カレーがついて、玉子がついて六四〇円である。

テーブルには取り放題の福神漬と紅生姜《しょうが》。

皿の上にゴハン、その上にカツが三切れずつ二列に並んで、その右側に牛丼のアタ

マ、左半分にカレーがかかっている。
牛丼のアタマは牛肉たっぷり、カレーの部分は豚肉たっぷりだ。ゴハンにトンカツだけでも御馳走なのに、その上から牛肉が降りそそいでいるのだ。もう片っぽうには、豚肉が降りそそいでいるのだ。

カツが、尻に温かいゴハンを敷き、右に牛肉、左に豚肉を従え、頭上に玉子を浴び、これはもう生涯一度の晴れ姿と言うよりほかはない。

トンカツに牛丼のアタマという組み合わせは、くどいと言えばくどいが、贅沢と言えば贅沢な組み合わせで、ありがたいと思えばありがたい、そういう味だ。

カツとカレーの組み合わせは、これはもう毎度おなじみの味で、取り立てて言うほどのことはない。

ただ、カレーと牛丼のアタマの境界線の、両者が入り混じったあたりの味に、丼界のニューベルキュイジーヌ的なものを感じる人と、問題ありと感じる人がいるような気がしないでもない。

たしかにこの店は、「迷ったらミックス」と、客の迷いを断ち切ってくれる。

しかし、いったん店に入った客は、二十七種類の順列組み合わせに、迷うことになる。

# かき揚げ丼の後悔症候群

「天丼を食べよう」

と、堅く心に決めて店に出かけて行って、アゴなどなでながら、メニューを見るともなく見ているうちに、

「かき揚げ丼もわるくないな」

と、ふと思うことってありませんか。そう思って、結局、かき揚げ丼を注文して、かき揚げ丼を食べ始める。サクサク……。サクサク……。

とりあえずかき揚げを突きくずす。

かき揚げは、最初のこの〝ツキツキ、サクサク〟がいいんですね。

茶色いかけ汁がいましみこんだばかりのコロモを、箸で突きくずして口に入れる。

続いて、その下の、やはりかけ汁がマダラにしみこんだ熱ーいゴハンを口に入れる。

サクサクのコロモが、口の中でシャクシャクとくずれ、油を吸った小麦粉香ばしく、甘から醤油のしみこんだマダラゴハンホクホクと口に甘く、ところどころの小エビムチムチと歯と歯の間でつぶれ、小柱キシキシと歯にきしむ。

そしてときどきミツバの香り。

かき揚げの魅力はサクサクの魅力。

サクサクは透き間の味わい。

具とコロモがみっしりと結合していなくて、か細いコロモが空気を含んでかろうじて繋がり合っている。

そこのところを、箸と歯で、サクサクとくずしていくおいしさ。

ここで一度整理してみると、かき揚げ丼は、ツキツキ、サクサク、シャクシャク、ムチムチ、キシキシ、ホクホク、と擬音だけで表現することができることがわかる。

かき揚げ丼のファンは意外に多くて、たとえば赤坂の「天茂《てんしげ》」の昼時は、かき揚げ丼の客八割、天丼二割という比率になるという。

かき揚げの魅力はコロモの魅力である。

天丼などのエビ天を食べていて、しみじみコロモの旨さを痛感することがある。コロモなくて何のエビ天ぞや、と思うことさえある。

このコロモのおいしさを何とかしたい、と考えた人が発明したのが〝タヌキ〟である。コロモをバラバラにして、コロモのおいしさを味わおうとしたわけだ。

そして一度バラバラにしたタヌキを、今度はまた繋ぎ合わせたらどうなるか、と考えたわけだ。そう考えて、タヌキをもう一度繋ぎ合わせてみたものがかき揚げなのである。

タヌキの大同団結。

タヌキの大集会。

そのタヌキの大集会に、エビと貝が参集したのだから、まずかろうはずがない。

このようにかき揚げ丼はおいしいのだが、食べ進んでいくうちに、そうですね、半分ぐらい食べた時点で、

「やっぱり、エビの天ぷらがのっかった天丼のほうがよかったかなあ」

と、ふと後悔に似た思いにかられることがある。

コロモだけでなく、コロモの中に包まれた、みっしりとしたエビやキスやイカなどがふと懐かしくなる。

実は、つい先だって、新橋の「橋善*」でかき揚げを食べていて、ふとこの思いにかられたのだった。

ここのかき揚げ丼のかき揚げは大きい。赤ん坊の頭ほどもある。

直径十二センチはあり、座高は六センチ強あるから、丼の上に盛りあがってフタができない。

ここのかき揚げのコロモは糸状だ。

ふつうのコロモは、板状というか、幾分平べったく錯綜しているのだが、ここのコロモは糸状に錯綜している。

「糸ダヌキ」というわけですね。

突きくずして内部を見ると、まるでアフロヘアのようにこんがらかっている。糸状だからもろい。もろいから旨い。サクサク感はまことに秀逸である。

しかも巨大だから、タテに突きくずすだけでなく、ナナメに突きくずしたり、横穴を掘ったりして楽しい。

そうやって楽しく食べていたのだが、ちょうど半分にさしかかったあたりで、ふと、そういう思いにかられた。

（天丼のほうがよかったのではないか）

かき揚げ丼には主役がいない。

具もコロモも、平均的に散開している。

サクサク、パクリで食事が始まり、サクサク、パクリで中盤が経過し、サクサク、パクリで食事が終了する。

食事の途中に、心が波立つものがない。リズム、動作、食感が、いつも同じでメリハリがない。

そういう寂しさに襲われる。

食べても食べても、全域同質、均質の単調さに飽きるのでしょうか。丼の中に求心力がない、というか、リーダー不在、というか、そういう物足りなさを感じる。

天丼であれば、エビ天にかかりきりのひととき、とか、イカ天にかかりきりのひととき、とか、そういう〝かかりきりのひととき〟がある。

ミュージカルに例をとりましょうか。たとえば「ウエストサイド物語」。

舞台があって、全員が揃って歌って踊る場面があって、ふと、それがやむと、ジョージ・チャキリスが一人で歌い始める。

ナタリー・ウッドが一人で「トゥナイト」を歌い始める。

一つの個性がクローズアップされるわけですね。

そうして、また元の、全員のシーンに戻っていく。

かき揚げ丼はこの〝全員のシーン〟ばかりなのですね。

　そろそろチャキリス君に歌ってほしいと思っても、チャキリス君がいない。

　飽きた。寂しい。変化が欲しい……。かき揚げ丼には、途中で必ずこういう時期がくる。

　こういうひとときが必ずあって、

「マー、しかし、コノー」

　と考え直し、

「天丼には、このツキツキ、サクサクは到底望めないわな」

　と思い至り、

「天丼のほうがよかった、と思わない点もないではないが、やはりかき揚げ丼のほうがよかった、と言われれば、そうかな、と、このように考えてみるのもわるくはないわな」

と、考えて、結局のところは納得し、気を取り直して再びかき揚げ丼を食べ始める、と、このようにご理解をいただきたい。

＊2002年閉店。

徹底ブンセキ対談

# 正しい定食屋のあり方

東海林さだお × 今 柊二

## こん・とうじ

定食評論家。1967年生。首都圏をはじめ全国の定食の調査・研究を行う。『定食バンザイ!』『定食ニッポン』『定食と古本』『丼大好き』など著書多数。

# 二人の専門家による定食屋の定義

**今**　僕は高校生の頃から東海林先生のご本を愛読してきたので、今日は呼んでいただいて光栄でございます。神様に会ってるみたいで、ちょっと震えています。

**東海林**　そんなオーバーな(笑)。今さんは『定食バンザイ!』(ちくま文庫)という本を書かれて。ぼくも定食大好きだから、それを二人で楽しく語り合いたい

今　と思いまして。

東海林　勝手に「定食評論家」と名乗ったから、先生に怒られるかと思ってました。

今　いや、これから定食評論家の時代が来ますよ。そもそも何で定食に興味をもたれたのか、そのあたりから伺いましょうか。

東海林　生命体の危機とでも言いますか。二十年前に大学に入って、四国の田舎から横浜に出てきて一人暮らしを始めたとき、栄養を取らないといけなかったんです。定食ってバランスがいいですよね。

今　ほかの飲食店ではほとんど考えないんだけど、定食屋に行くとふと栄養のことを考えるね。ほうれん草のおひたしとったほうがいいなとか。

東海林　不思議ですよね。なんか家に帰ってきた感じ。

今　でも、普通は社会人になったら定食屋から足を洗うでしょ？　定食屋から居酒屋へ、と。

東海林　仕事の都合で学生街に行くことが多いので、なかなか足が洗えなかったんですよ。学校のそばにはいい定食屋が多いので。だから、いまだに新橋や丸の内や有楽町よりも江古田っていう感じです。

今　本業はサラリーマンですか？

今　はい。仕事の関係で北海道から鹿児島まで全国動き回っています。そのときも、接待を断って定食を食べます。

東海林　楽しいでしょう?

今　すごい楽しいです。

東海林　ぼくも、「京都へ定食を食べに行く」っていうテーマを考えたことがあるんですけど。

今　ああ、京都は定食屋がすごくいいらしいですね。『力餅食堂』と『せんなり食堂』という二つの流れがあって。

東海林　チェーン店なの?

今　正確には暖簾《のれん》分けみたいな形で、経営は全然別みたいなんですけど。ポイントは基本的に力餅とおはぎがあることなんです。

東海林　定食屋で?

今　はい。甘味食堂から発達して定食屋になった系統。だから、場合によっては赤飯とかきなこ餅とかがありますね。

東海林　それ、みんな売れるメニューなの?

今　そうですね。うどんを食べたあとに、餅とかおはぎ食べたり。デザート屋も兼ねるみたいなところがあって。

**東海林**　そういうのはぼくちょっとヤだな（笑）。定食屋ってやっぱり男っぽい雰囲気がいい。そういうとこで甘いもん出してもらっても困る。

**今**　「たのもう！」って感じですもんね。

**東海林**　最初に定食屋の定義を押さえておきましょう。ぼくもいろいろ研究してるんだけど、「定食屋」「駅前食堂」「大衆食堂」というジャンルがあるんですね。これ、どういうふうに分かれてるんですか？

**今**　「駅前」は基本的に早く食べなければいけない。だから、ポピュラーなメニューが中心というところがあると思います。

**東海林**　誰でも知ってるカツ丼とかカレーライスとか。

**今**　ただし、地域ごとのオリジナリティがあるんですね。同じカツ丼って言葉を使っていても、味噌カツだったりソースカツだったり、実態が違ってることがけっこうあります。その違いが面白い。

**東海林**　なるほどね。

**今**　カツ丼って「駅前」のポイントなんですよ。ご馳走感もあるし、すぐ食べられるし。

**東海林**　外れがないし。

**今**　カツ丼で外す店ってよっぽどですよね。

**東海林**　そうそう（笑）。あと「駅前」の特徴は？

**今**　メニューの多様性が一番ありますね。家族で入るシチュエーションもけっこうあったので。要はデパートの屋上食堂と同じニュアンスが強いという側面があったんじゃないでしょうか。

**東海林**　子どもも来る。普通の定食屋には子どもはあんまり来ないですね。

**今**　来ませんね。

**東海林**　ぼくが定食屋を定義するときは、まずサバの味噌煮があるかどうか。これがないような店は定食屋じゃない。

**今**　僕は先生の本を高校生のときに読んで、サバの味噌煮に憧れたんです。四国には存在しないんですよ。だから、一体どんな食べ物なのかなあと思って。

**東海林**　えーっ、サバの味噌煮がないの⁉　じゃ、どうやってサバ食べるの？

**今**　塩焼きだけですね。サバを煮る風習がないんで。少なくとも僕にとってサバ味噌は東京の食べ物ですよ。僕、これが食べたくて東京に出てきたんです。

**東海林**　そうかあ。食べてみてどうでした？

**今**　おいしかったですねえ。こんな食べ方があるのかと思った。『大戸屋』なんかもあれだけ若者に媚《こ》びているにもかかわらず、ちゃんとサバ系のメニューがおいてあるんですよ。

**東海林**　やっぱり定食はサバが主役なんだ。肉系だと何が主役になりますか？　トンカツ？

**今**　やっぱりハンバーグじゃないですかね。これがおいしいかどうかってポイントのような気がします。トンカツの味は値段に比例してますから、ハンバーグに一番店の良心が出ると思いますね。

**東海林**　ぼくはね、定食屋にはやっぱりサバ味噌煮とレバニラ炒めと肉野菜炒めはおいてほしい。レバニラ炒め定食というのはどう評価しますか？

**今**　レバニラはあんまり定食屋で食べた印象がないんですけど……。

**東海林**　定食屋にはサバ味噌とレバニラが不可

最近定食屋のメニューから「冷やしトマト」と「ひじき煮」と「キンピラゴボウ」が消えた
けしからんッ
定食屋愛好歴三十七年のK山さん

東海林　欠。カレーライスなんか食ってる人見るとすごい腹が立つ！　「もっと他に食べるものがあるだろう！」って。
今　「どういう了見なんだ！」って。

## ハムカツの「おかず力」

今　定食屋でイカフライはどういう扱いなんですか。
東海林　イカフライは非常に難しい、位置が。あんまりおかずにならない。
今　でも、あると、ついフラフラ頼んじゃいたくなる。
東海林　フラフラッとね（笑）。
今　ついて行っちゃう。
東海林　あと焼き魚系がないと寂しいね。サンマ塩焼き。定食屋でアジフライ定食を食べるってのもまたいいし。
今　ああ、アジフライというのは素晴らしい食べ物ですよね。
東海林　ソースをダブダブにして。
今　ただ定食屋だとソースの種類が選べないのが寂しい。ウスターしかないじゃんとか。

**東海林**　そうそう、あてがいぶちで。

**今**　最初、僕、アジフライに醤油かける人見てビックリしました。

**東海林**　あ、その問題もあるんだよね。ぼくが考えてるのはソース主体で醤油をちびっと混ぜたミックス調味料。

**今**　ああ、それはすごい作戦ですね。揚げ物でカキフライは邪道ですか？

**東海林**　おかずとしてなんか足りない感じ。四つぐらいしかないでしょ？　六つあればいい（笑）。で、タルタルソースじゃなくて。

**今**　ちゃんとソースかけて。

**東海林**　エビフライもおかずにならないね。

**今**　「おかず力」がないですね。ガッカリすることのほうが多い。

**東海林**　「おかず力」って言葉いいね。

**今**　やっぱり揚げ物はメンチカツとか肉系のほうが「おかず力」がありますね。

**東海林**　メンチカツね。トンカツは別に定食屋で食わなくてもいいもんね。

**今**　ハムカツはどうですか？

**東海林**　だって、メニューにないでしょう？

今　ほとんどないですけど、確か渋谷の『とりかつ　チキン』にまだハムカツ定食が残ってるんですよ。

東海林　そこ、行きたい。

今　ただ昔は薄いハムを三枚ぐらい重ねて揚げてたのが、今は分厚いハムになっちゃってるんです。

東海林　でも、ハムカツでご飯食べたい。

今　戦闘力が高いですよね。あとハムカツがあるとキャベツもすごくおいしく感じる。

東海林　そうそう。で、ソースがおいしい。

今　本にも書きましたけど、恵比寿の『こづち』には是非とも一回、行ってみてください。焼きハムがあるんです。

東海林　焼きハムって？

今　ハムを油で炒めてある。で、キャベツがついてるから、ハムでキャベツを巻いて食べると、すごいおいしい。

東海林　ああ、おいしそうだねえ。

今　小物関係で生卵はどうですか。

**東海林**　卵かけご飯？

**今**　卵かけご飯を食べる欲求を満たしてくれる店が『さくら水産』なんですよ。サラリーマンの炊き出し所みたいなんですけど。

**東海林**　どんなとこ？

**今**　ランチが500円で、ご飯と卵と海苔とふりかけとお新香が全部食べ放題なんです。だから、可哀相なサラリーマンがいっぱい涙流しながら卵かけご飯を食べてます。

**東海林**　メインは？

**今**　それなりなカキフライとか、フツ〜の魚の焼き物だったりするんです。それを一瞬で食べ終って、みんなご飯を三杯ぐらいいくから食べ放題の卵をどんどん割って、卵かけご飯を食べてる。もう〝放題系〟としては最高の店です。

**東海林**　想像すると怖いね（笑）。

**今**　食べてると貧しい気持になってくるんです。「俺、すごい悪いことしてるかな」みたいな（笑）。

**東海林**　二個ぐらいまではいいけどね。

**今**　やっぱり二個までですよね。

**東海林** でも、定食屋はご飯が期待できないね。ほどほどでいいんだけど、そこまで行かないとこも多いですよね。

**今** 保温ジャーに入れ過ぎてマズい米と、炊き方を間違えてマズい米とどっちが許せますか。

**東海林** 何？　何？

**今** 黄色くなっちゃってる米と、ユルユルか固すぎる米と。

**東海林** うーん、難問だ（笑）。それは永遠のテーマだね。米がもうダメなんだよね。味噌汁もあんまり期待できない。

**今** だいたい煮えたぎってますもんね。

**東海林** 開店以来ずーっと足していってるような（笑）。

**今** でも、たまに当たりの味噌汁があるんですよ。ああ、すごいいいおみおつけだっていうのが。

**東海林** たまーにね。

**今** 味噌汁はすごく地域差があるんです。名古屋だとやっぱり赤味噌だし、四国だと麦味噌。これがまたおいしいんですよ。

**東海林** それは気がつかなかったなあ。

**今**　地方に行って味噌汁一杯飲んだとき、ああ、この辺はこういう味なんだと思うところがあって。

**東海林**　それもまた定食屋の魅力ですよね。

**今**　味噌汁の具にはこだわらないですか。これもけっこう地域差があるんですよ。

**東海林**　どういうふうに？

**今**　札幌はわりとキャベツが好きなんです。キャベツとワカメとかって東京じゃあり得ないパターンもたまにある。

**東海林**　へえ。油揚げはどうですか。

**今**　油揚げはやっぱり東京じゃないですか。ただ牛丼の『松屋』が偉大で、油揚げとワカメの味噌汁をタダで出したのが定食界に大きな貢献があったと思います。

## 定食屋と大衆食堂

**東海林**　大衆食堂と定食屋は微妙な違いがあるんですよ。定食屋はみんなあんまりお酒飲まない。食堂としての機能だけで生きてるの。大衆食堂はけっこうお酒飲んだりしてる。だから、サバの味噌煮とお酒が一つの分類の基準。

**今**　ああ、鋭い！

**東海林**　上野に『聚楽《じゅらく》』*ってあるでしょ。あれこそ大衆食堂なんですよね。みんな酒飲んでるし、カツ丼もカレーライスもあるし。

**今**　あそこはまだ行ってないんです。先生の本で読んで西郷丼を食べに行こうと思ってるんですけど。

**東海林**　あそこが大衆食堂の原点。しかも、駅前。

**今**　私的には大衆食堂の条件はモツ煮込み定食があるかどうかがポイントですね。モツ煮がおかずとして成立してる店、「おかず力」になってる店が大衆食堂って気がします。

**東海林**　モツ煮込みだけでおかずになるかなあ。

**今**　モツ煮に一生懸命唐辛子をかけると、おかずになるんですよ。

**東海林**　ひと手間かけるのね、自分で。

**今**　大衆食堂では、今、神戸が素晴らしい店が多いんです。定食業界の中で一番脚光を浴びているのが三宮の高架下にある『皆様食堂』。

**東海林**　ハハハ、名前がいいね。

**今**　ここはですね、店の前に太ったおばさんが座ってて、一メートルぐらいの大きさの関東炊き——おでんの鍋がぐつぐつ煮えたぎってるんです。その周りに馬蹄形のカウンターがあって客がグルッと座って、店はその大きさしかないんですよ。

**東海林**　全部で何人ぐらい座れるの？

**今**　十人座れるかどうか。ホント、潜水艦の中みたいです。で、料理はそこでしなくて。おでん以外のものを注文すると、おばさんが後ろを向く。そうすると伝声管がついてて……（笑）。

**東海林**　潜水艦だ（笑）。

**今**　で、「煮込み！」とか叫ぶと、二階でつくってってくる。

**東海林**　いいなあ、それ。

**今**　しかも、メチャクチャうまいんですよ。ご飯もいいし、刺身もあるし。メニューが壁一面に貼ってあるんですけど、どうも毎日貼り替えてるらしいし。最高です！

**東海林**　行ってみたいなあ。

**今**　酒飲んでる人もいるし、他人丼食ってる人もいるし、何やっても大丈夫なんです。

**東海林**　ああ是非行きたいねえ。昔、よく滑車ってあったよね。二階に食べ物を運ぶのに。あれも懐かしい。

**今**　それがね、この間、高知にあったんですよ。満州帰りの親方がやってる『と**んちゃん』っていう有名なモツ屋なんですけど。ホントにエレベーターなんです。

**東海林**　車井戸方式の。

**今**　そうそう。店の中央にあって、上からガチャンと落ちてくる。

**東海林**　メモなんかと一緒にね。

**今**　定食文化も地方に行くと昔のものが残ってる場合が多くて面白いです。

**東海林**　でも、いわゆる「大衆食堂」ってほとんどなくなりましたよね。

**今**　一つは磨《す》りガラスで怖いというのがあると思うんですよ。

**東海林**　え？

定食屋の妻は こういうタイプが好ましい

**今**　大衆食堂ってだいたい磨りガラスで、中で何が起きてるのか見えないじゃないですか。若い人はそういう店は怖くて入りづらい。

**東海林**　ほお。

**今**　『大戸屋』があれだけ成功したのは、メニューを外に開示したことと、キャッシュ・オン・デリバリー・システムを導入したこと。あと清潔感があるのと、季節でいくつかのメニューをローテーションで変えていくことだと思うんです。

**東海林**　若い女の子も入りやすい工夫をしてある。

**今**　そうです、そうです。あそこは最初が池袋なんですけれども、チェーン第二号店の吉祥寺でそのノウハウをつくったんですよ。当時からスペシャルサービスがあって、二時を過ぎるとアイスクリームとコーヒーをつけてくれて。

**東海林**　詳しいねえ。知らないよね、普通。

**今**　いえいえ（笑）。だから、『大戸屋』はカフェも兼ねるところがあった。

**東海林**　ちょっとお洒落な定食屋。ああいうのはどう思いますか。

**今**　定食屋の間口を広げるという意味でよかったんじゃないですか。

**東海林**　でも、ぼくらが愛する定食屋とはちっと違うなあ。

## 理想の定食屋

**今** 先生がおっしゃってる定食屋って博打性が高いですよね。入ってみて、すごい当たったときの喜びと、外れたときの失望。人生ハイ・アンド・ローみたいなところが……。

**東海林** ある、ある。

**今** 『大戸屋』とかは外れがない馬券買うみたいでつまんない。

**東海林** つまんないんだ。

**今** 先生がお好きな定食屋を探すときは、事前にデキる店かどうか察知する能力が必要ですよね。

**東海林** そのポイントを訊きましょう。

**今** 昼時に行って、ドアが半開きになってるところはイケます。

**東海林** ああ、半開きね（笑）。お客さんの出入りが多くて開《あ》け閉《た》てが激しいから。

**今** あと表に暗号めいたメニューがちょっとだけ置いてあるところもいい。

**東海林** 暗号めいたメニュー？

**今**　「肉700」とか「魚800」とか、必要最低限度の要素だけ書いてあるわけわかんないメニューがちょっと出てて、すごい勢いでサラリーマンが入って行く店はいいです。

**東海林**　わかる、わかる。

**今**　おじさんがいっぱい入って行く店って、やっぱり当たる可能性が高いですよ。だから、地方に出張に行って時間がなくて当たりの店を見つけるときは、おじさんの後をつけて行くのが一つの作戦です。

**東海林**　おじさんのサラリーマン？

**今**　ええ。それも四人ぐらい群れてるサラリーマンの後ろを同じところに行くフリしてついて行くと、当たることが多いですね（笑）。

**東海林**　地方に行って定食屋巡りをしようと思っても、なかなかガイドブックがないでしょう？

**今**　だから、カンで動くしかないんです。僕が通常とる方法はおじさん尾行作戦と、もう一つは『ブックオフ』に入るんですよ。そうすると、だいたい百円コーナーに地域のタウン誌が置いてあってグルメ情報が出ているから、それを買ってアタリをつけるんです。

東海林　勉強になるなあ（笑）。

今　あと、いい定食屋がある通りの法則はだいたい東京と同じで。

東海林　法則その1？

今　商店街の大きい通りにはまずない。メイン通りからちょっと入ったところで、本屋さんが近くにあるのがポイントですね。

東海林　あ、今さんの本にも書いてあったね。「古本屋の多さと定食屋のレベルは相関する」と。

今　はい。で、本屋に入って本一冊買って、おばさんに「あの店、どう？」って訊くと「あそこは老舗だよ」とか情報をいろいろもらえるんで、じゃ、入ってみようと。

東海林　法則その2ね。

今　本屋が栄えている町って学生街のことが多いから、いい定食屋も多いんですよ。

東海林　でもね、ぼく、学生街の定食屋っていうのもあんまり好きじゃないんだ。

今　あ、そうなんですか。

東海林　何でだろうなあ。脂ぎったものが多いからかなあ。ぼくが理想とする定食屋は、定員十人ぐらいで、お昼にちょっとくたびれたサラリーマンが入ってくる。客はみんなくたびれてないと困る（笑）。

**今**　なるほど。

**東海林**　で、シーンとしててね。お客も暗いの。二人連れってのはいない。

**今**　わけありげな男女がいてもいいんじゃないですか。

**東海林**　ダメ、とんでもない（笑）。店主も暗くて無愛想。だいたい母ちゃんと二人でやってて、母ちゃんも暗い。それでね、入口のドアが自動ではない。

**今**　ああ、引き戸ですね。

**東海林**　で、テーブルがデコラ（笑）。

**今**　ビニールカバーが敷いてあったりして。

**東海林**　そうそう。メニューは父ちゃんの手書きで、字がすごく下手くそなの（笑）。あと「いらっしゃいませ」を言わない。

**今**　猫かなんかいますかね。

**東海林**　ああ、いてほしい（笑）。でね、お客

来ちゃったよ また客が
こういうタイプの主人が好き

今　が座るテーブルの横に天ぷら油の一斗缶が置いてあるの、必ず（笑）。

東海林　グラスはまちまちなんですね。

今　グラスはね、「サッポロビール」。それで、週刊誌の古〜いのが置いてある。

東海林　ちょっとガビガビになってるやつ。

今　ごはん粒でバリバリの（笑）。

東海林　難しいな、今、そういう店は。

今　いや、あるんだ、西荻に（笑）。でも、そういう店はなくなりつつありますね。

東海林　まだそういう店で修行なさってらっしゃるんですか。

今　うん、安らぐの（笑）。昼間の一時頃に行くと、客が少なくなってるでしょ。だから、夫婦でテレビドラマ見てる。だいたい再放送の時代劇（笑）。

東海林　『伝七捕物帳』とか。

今　で、お母さんが「ここで捕まるよ」って言うと、オヤジが「うん」って（笑）。店主にとって客は迷惑なんですよ。来ると仕事しなきゃいけないから。なるべくならテレビ見てたいの。テレビがつまんなかったら、競馬新聞。だけど、料理はそこそこおいしい。非常に難しいんだけど、そういう店ありますか。

**今**　江古田の『お志ど里』***がまあまあそういう感じ。味はかなりまともですけど、昼間から疲れたサラリーマンが宴会やってたり。

**東海林**　決して出世しないだろう人たち？

**今**　もう絶対出世しない人たち。それが勝手に飲んでたりする。

**東海林**　行きたいなあ。

**今**　是非行ってみてください。

**東海林**　定食屋ってお昼の常連もいるけど、夕食の常連もいるんだよね。これはもっと暗い。みんな黙々とご飯食べてんの。

**今**　テレビのナイターなんか見ながらね。夜で酒をとらないと暗いですよね。

**東海林**　定食屋の夕食風景って切ないね。みんな一人でしょ。

**今**　そういうとき、ついついいっぱい小鉢をとっちゃうんですよね。

**東海林**　寂しさを紛らわせるために。

**今**　小鉢がいっぱい並ぶと、自分の周りを囲んでいる仲間たちがいて励ましてくれてるみたいな感じがして、ちょっと嬉しい。

**東海林**　暗く見えるけど、客としては定食屋でビールとって夕飯食べるのって、一番寛げるんだよね。

**今**　ビールを一杯飲んでグラスをコーンと置いた瞬間、野球を見てる瞬間が一番寛いでますね。

**東海林**　そうそう。しかも、おかずがいっぱいあって、安いし。

**今**　俺は豊かだなあって。

## 最強の定食メニューとは

**東海林**　じゃ、最後にそれぞれ定食屋へ行った場合の理想のメニューを考えましょうか。

**今**　あ、アラカルト系で。いいですね。アラカルト系って男の心を奮い立たせますよね。僕は暴走しすぎちゃって危険なので、あんまり行かないようにしてるんですけど。

**東海林**　けっこういろいろ頼んじゃうんだよね。納豆とほうれん草と塩辛とか。

**今**　で、1000円超えちゃったりするんで、これじゃ普通にいいもん食ったほうがよかったと思ったりするから。

**東海林**　でも、あの豊富感はたまりませんね。納豆は頼みますか？

**今**　僕は四国だから外では食べないなあ。

**東海林**　あ、そうか。ぼくは定食屋で納豆とって、お醤油かけて、小鉢の壁のとこにある辛子けずり取って、ほぐして、かき回してるひとときが好き。ああいうひとときって普通の飲食店でないでしょ。

**今**　「俺も参加してるぞ」って。

**東海林**　だから、ぼくの理想の定食メニューはサンマ塩焼き、納豆、ほうれん草おひたし、塩辛、お新香。これでだいたいいいんだけど。あと豚汁もとっちゃおうかな、贅沢だね（笑）。幾らぐらいになるだろう？

**今**　たぶんサンマ塩焼きが２００円から３００円。納豆とほうれん草おひたしと塩辛とお新香が50円から１００円。豚汁が２００円ぐらいですかね。全部で７５０円から８００円ぐらい。１０００円はいかないでしょう。

**東海林**　なかなかいい？

**今**　いい感じですね。じゃ、僕は今挙げてないものでビーフジュージュー焼き。モヤシたっぷり、肉ちょっとって感じの。最近、定食屋ではこういうカロリー系が多いんです。

**東海林**　ああ、意外だな。やられた（笑）。豚の生姜焼きじゃないんだ。

今　豚肉生姜焼きは鉄板に載ってない。ビーフジュージュー焼きは載ってるんです。

東海林　ジュージューいってないとダメ?

今　ダメです。

東海林　これだけで相当おかずになるね。

今　「おかず力」はこれで充分だから、あとは好きなものでぬたをとります、ネギぬた。

東海林　ぬたっていうのも意外だなあ。暗いねえ（笑）。

今　暗いですか（笑）。四国から出てきた暗さがこの辺に出てきてる感じかな。

東海林　居酒屋で必ずぬた頼む人いるね、暗～いオヤジで（笑）。何でぬたなの?

今　酢味《すあじ》だから。ちょっとビーフでジュージューしちゃったから、酸っぱいもの食べてバランスをとろうかなと。

東海林　健康を考えてね。しょうがないね。許す（笑）。

今　あとは小鉢の里芋の煮っころがしかなんかとろうかな。

東海林　ああ、またやられちゃった（笑）。

今　後出しジャンケンしてるみたい（笑）。ビーフジュージューが５００円ぐら

**東海林**　いいっちゃうから、そんなもんでいいです。

**今**　ジュージューは贅沢だよねえ。

**東海林**　そうだ、お新香の新興勢力でキムチはどうですか。

**今**　あっ、これもまたやられた（笑）。あれば絶対頼むね、お新香やめて。

**東海林**　「おかず力」がありますよね。強大。

**今**　またビーフジュージュー焼きと組み合わせがいいんだ。

**東海林**　居酒屋メニューによくある豆腐サラダ。あれは定食屋に置いてもらっちゃ困る。

**今**　ああ、サラダ問題もありますね。

**東海林**　それが意外にさ、定食屋にハムサラダとかあるんだよね。

**今**　ハムサラダとか玉子サラダはちょっと食べたくなっちゃったりしますよね。また値段が１８０円とか微妙なんです

よ。

**東海林** でも、ハムサラダはなぜかいっちゃうね。

**今** マカロニサラダもいきますね。

**東海林** 考えてるだけで楽しいね。今のとこ立ち飲み屋がブームでしょう。でも、定食界ってこれからブームになるよ。

**今** 来ますかね。

**東海林** みんなが意外に気がついてないだけ。サラリーマンはあんまり行かないのかな？

**今** いや、そんなことないです。『大戸屋』や『おはち』、最近できた『わがん』も店舗を増やしていますから。

**東海林** でしょ。

**今** つまりみんな米食べたいんですよ。ハッキリ言ってパンには飽き飽きなんだ。

**東海林** じゃ、やっぱり次に来るのは定食ブームだよ。なんだかわくわくしてきたな（笑）。

＊2008年閉店。現在は「レストランじゅらく」として移転、新規オープン。

＊＊、＊＊＊現在は閉店。

# 3章 食べ方の流儀 編

# 人それぞれの儀式

チャーハンを注文する。

チャーハンが到着する。

「では」

と、そこからいきなりレンゲですくって食べ始める人は意外に少ない。

とりあえずチャーハンの真ん中あたりを、レンゲの先で軽くほぐすというか、ほじるというか、そういうことをする。

それから正式に食べ始める。

何の為にそういうことをするのか自分でもよくわからないのだが、気がつくとそういうことをしている。

チャーハンを一度型にはめてから皿に盛ってある場合は、きちんとした山の頂上あたりを少し崩す。
全部突き崩して、平らにしてから食べ始める人もいる。
山の宅地化ですね。

一方……。
かき氷を注文する。
かき氷がくる。
これも山の形をしている。
かき氷の場合は山を崩さない。
逆にスプーンの背中で軽くペシペシたたいて山を補強する。
山の形をきちんと整え、それから食べ始める。
焼きそばの場合はどうか。
焼きそばが湯気をあげて到着する。
そうすると大抵の人は、まず箸の先で焼きそばのてっぺんのあたりを軽くかき回すというか、少しつまんで持ちあげるというか、そういうことをする。

焼きそばの山の中腹あたりに箸を突っこんで二、三度大きく持ちあげる人もいる。

何なんでしょうね、あれは。

内部にこもった熱を逃がそうとしてるんですかね。

大きく持ちあげてユサユサ揺すったりする人もいる。（いるかな）

スパゲティの場合も同じようなことをする。

いきなりフォークを一番下のところに深く差しこんで、エイヤッと全部を引っくり返す人もいる。（いません）

スパゲティのかたまりから一本だけはみ出しているのを、フォークの先でピンピンとはじくというか、蹴るというか、そういうことをしてから食べ始める人はいる。

何なんでしょうね、あれも。

スパゲティをいじめてるのかな。

何かしたいんですね。

食べ始める前に何かしたい。

何かしてから食べ始めたい。

オープニングセレモニーとかいうやつなのかな。

グラタンの場合はうんと熱いだけ、オープニングセレモニーも大掛かりになる。

グラタンは熱い。とにかく熱い。

焼きたてのアツアツのグラタンが、まだフツフツと大きく息をしている。

グラタンの表面は、パン粉と粉チーズとバターが、ところどころ黒くなるほどカリカリに焼かれている。

まずそのカリカリのところを、スプーンの背で軽くゾリゾリこすってその感触を楽しむ人もいる。

なにしろ熱いからすぐ食べるわけにはいかない。

冷却期間が必要なわけで、その間ヒマだからみんないろんなことをするわけですね。

マカロニを一個だけ拾いあげ、穴のところにフォークの一番はじの歯を突っこみ、それを垂直に持ちあげ、マカロニがユルユルと降りてくるのを楽しむ人もいる。（ぼくです）

グラタンの表面はカリカリだが、そのすぐ下

はトロトロ。

この正反対の食感がグラタンのおいしいところで、ここはやはり別々に楽しみたい。

なのに、いきなり全体をかき回してしまう人もいる。

せっかくのカリカリがいっぺんになくなってしまう。

カリカリのないグラタンはもはやグラタンではなく、ただのクリーム煮だ。

鍋焼きうどんも同様である。

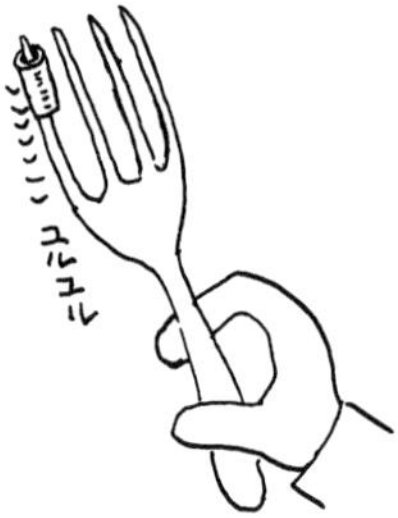


鍋焼きうどんもものすごく熱い。

熱いからグラタン同様冷却期間が必要になる。やはりヒマをもてあまして何かすることになる。

エビ天にそーっと箸を近づけていって、はさんで揺り動かしたりする。

しっかりしろ、と励ましているわけではなく、ま、何となくやっているわけですね。

天丼の場合もやはり何かする。

エビ天、アナゴ、キス、ししとう、カボチャなどが、ぎっしり所せましと折り重なっている。

その陣容をしばらく見つめたあと、エビ天とアナゴの位置を入れ換えたりする。

別に何の意味もないのだが、何かしたいわけですね。

ラーメンもちょっといじる。

チャーシューが大きく厚く、あまりに見事だったりすると何かせずにはいられない。

箸の先でいとしげになでたりする人もいる。

なでたあと、端のところを箸でつまんでめくるように持ちあげ、チャーシューの裏側をのぞく人もいる。

中には手鏡を取り出して差しこむ人もいる。（いません）

とにかくみんな、注文したものが到着すると何かしてから食べ始めるようだ。

何なんでしょうね。

こういうことは考えられないかな。

ホラ、可愛い幼児がヨチヨチ、ニコニコしながらこっちに近づいてくると、思わずヨシヨシなんて言いながら頭をなでてしまいますね。

つまり、愛する食べ物が到着する。

つい「いい子いい子」したくなる。

あれは食べ物をいい子いい子してるのではないか、と。

# その人の流儀

## 鮎の骨を抜く人

いよいよ鮎の季節。
鮎はなんといっても塩焼き。
和食のコース料理などにも鮎の塩焼きが出てくる。
みんなが箸をつけようとする瞬間、
「ちょっと待って」
と制する人が必ずいる。
〝鮎の骨抜き〟をやってみせようという人である。テレビのグルメ番組などで、その実演を見た人だ。

「こういうふうにね……」

と言って、その人は、踊り串を打ってある鮎の首すじのところからしっぽのところまで、全身くまなく箸で押さえつけていく。そうしておいてしっぽをちょん切る。

次に右手の箸で鮎の首すじのあたりを押さえながら、左手で頭を持って引っぱっていくと、いともたやすく骨はユルユルと引き抜かれていく……はずだ。小骨もいっしょに取れるからとても食べやすくなる……はずだ。

はずだが、実際にはそうはいかない。ユルユルと引き抜かれていくはずの骨が、いきなりちょん切れる。

あるいは、ユルユルと引き抜かれて

カラシはいかにもカラシ
らしい容器に入っている

はいくが、身もいっしょに骨についてくる。

ついてきてグズグズになる。

ぼくはこれまで、素人で鮎の骨抜きに成功した人を見たことがない。

挑戦して失敗した人は、

「鮎って結局骨ごとバリバリ食うのが一番なんだよね」

などと言い訳しながら無理してバリバリ食べ、硬い骨が歯にはさまり、うつむいてこっそりそれをほじったりすることになる。

### たくさん取る人

トンカツ屋の卓上には、トンカツソースの容器と並んでカラシの容器が置いてある。フタの片隅に穴があいていて、そこのところに小さなスプーンが差しこんである。

注文したトンカツが湯気をあげてやってくると、まずトンカツソースをかける。それからカラシを取ってトンカツの皿の隅になすりつける。何回も何回もなすりつけてたっぷり取る。

たっぷり取って大量に確保する。そうしてたっぷり残す。

こういう人は、(前回たっぷり取ってたっぷり残ったから、今回はひかえ目に)ということは絶対に考えない。

毎回毎回たっぷり取って、たっぷり残す。

## よくわからない人

屋台のおでん屋などによくいる人なのだが、まずチクワとコンニャクと厚揚げあたりをたのむ。

チクワを食べ、酒を飲み、コンニャクを少しかじったところで、「エート」とアゴに手をやって早くも次のものの検討に入る。検討に入って、「ゴボウ天」ということになる。

ゴボウ天をもらってそれを食べ終え、酒を少し飲み、また「エート」と次の検討に入る。

「厚揚げをどうする気だ」

と、そばで見ていてイライラする。

ゴボウ天の次はタコをたのみ、いまはタコをかじっては酒を飲んでいる。

厚揚げはどんどん冷えていく。

隣の客の厚揚げが気になりつつも、そのうちそのことを忘れて飲んでいて、ふと もう一度厚揚げの皿を見ると、いつのまにか食べたらしく厚揚げがなくなっている。よくわからない人だ。

## カレーのスプーンを濡らす人

カレーを食べるとき、スプーンをコップの水にひたしてから食べる人は笑われる。

「やってる、やってる」

と笑われる。

しかし、あの行為の何がいけないのだろう。さあ、言ってみてください。あの行為のどこがいけないのか。

カレーの最初の一口目は、ゴハンがスプーンの底にねばりついて、口からスプーンを引き抜くとき、ちょっと嫌な抵抗がある。

スプーンを濡らしておけば、スッと快適にスプーンが引き抜ける。

高級な料亭などでは、あらかじめ箸を水にひたして湿らせてから客に出すところもあると伝え聞く。

むしろ、奨励すべきマナーと言えるのではないか。

## シーハの人

食事を終えてお茶を一口飲むやいなや、もう当然というようにヨージに手を出す人がいる。チッチおよびシーハの人である。

大抵おじさんで、大抵少し反りかえっていて、なぜか大抵あたりを少し睥睨《へいげい》しながらチッチおよびシーハをする。口の端をひんまげて歯ぐきの露出をはかり、最初はチッチを敢行する。

もちろん、片手で口をおおうというようなことはしない。

チッチのあと、舌の先端をそのあたりに派遣して夾雑《きょうざつ》物が撤去されたかどうかを確認し、次にシーハに移る。

チッチはわかるが、あのシーハにはどういう意味があるのだろう。ブッはすでに撤

去されているのだからほとんど意味がないのではないのか。

　夾雑物が撤去されたあとの、歯と歯の間の風通しを確認しているのだろうか。それとも、撤去、開通を祝う祝砲のようなものなのだろうか。

　シーハを無事敢行してふと気がつくと、右ナナメ前方のテーブルで、お茶を飲みながらこちらをじっと凝視しているＯＬに気がつく。彼女の目には、あきらかに嫌悪と軽蔑と憐憫《れんびん》が入りまじっている。シーハのおじさんは、それに対し目で応じる。

「わかってんだよ。ひらきなおってやってんだよ、こっちは」

　シーハのおじさんと軽蔑のＯＬは、常にワンセットになっていなければならない。

　この二人がワンセットになっていて、はじめて風景として成り立つ。

# その人の流儀　そのII

## つけ合わせのパセリを必ず食べる人

みんなで取った鶏の唐揚げとか、サンドイッチとかについてくるパセリを、必ず食べる人がグループの中に必ず一人はいる。

そういう人は、必ず食べて必ず言い訳をする。その言い訳の中に、必ずビタミンという言葉が入る。「体にいい」という言葉も必ず入る。

この〝必ず食べる人〟は、必ず人にもすすめる。「体にいい」とか言ってすすめる。

しかし賛同者は少ない。この〝パセリを必ず食べる人〟は、なぜかグループに嫌われている人が多い。

## オムライスのケチャップをならす人

オムライスのまん中のところに、タテにひと筋ケチャップがかかっていますね。あれを左右に、丁寧に押し拡げていって平均にならす人。

誰でも多少は左右に押し拡げるものだが、丁寧に、平均に、〝いつまでもならしている〟というところがこの人のポイントだ。

オムライスの先端のしっぽ（というのかナ）のほうまで、ケチャップを丁寧に行きわたらせることに専念する。全域に行きわたらせたのち、もう一度全体をよく眺め、少しでも濃い目のところを発見すると、嬉しそうにそこをならす。

## コロッケをつぶす人

皿の上のコロッケやメンチカツを、箸を横にして平らにつぶし始める。

この人も一種の〝丁寧派〟で、コロッケの厚みを全域同じにすることに専念する。

皿の上のコロッケを、押しつぶして平らにしようとする気持ち、なんとなくわかるような気もするのだが、よく考えるとよくわからない。

あのままの状態ではなぜいけないのか。なにがいけないのか。

こういう人は、コロッケを平らにしたのち、全域に丁寧にソースをかけ、もう一度ソースを丁寧に箸で押しつける。
話は変わるが〝サンドイッチをつぶす人〟もいます。サンドイッチを右手ではさんで、話をしながら人さし指と親指でつぶしていく。この人も〝平均〟と〝丁寧〟ということを常に心がけていて、いつのまにかサンドイッチが平均にペッタンコになっている。見ていて「なん

だかおいしそうだナ」とは思うが、まだやったことはない。

## 漬け込む人

天ぷら定食などをとると、とりあえず天つゆの皿にすべての天ぷらを漬け込む。漬け込んで、箸で少し押しつける。箸で押しつけて、話し込んだりしている。

このときこの人の念頭にあるのは〝どっぷりの思想〟である。〝びたびたへの憧憬〟である。天つゆにどっぷりひたってびたびたになった天ぷらは、「いかにもウマそうだナ」とは思うがまだやったことはない。

この「漬け込む人」には二種類ある。一つはいま述べた「わざと漬け込む人」であり、もう一つは、「漬け込んで忘れる人」である。

すき焼きの肉を取って卵の器に入れて忘れちゃう人。すっかり忘れていつまでも話し込んだりしている。さっき漬け込んだのをすっかり忘れて、また肉を取ってまた漬け込んでまた忘れてまた話し込んだりしている。

寿司を醤油の皿に漬け込む人もいる。いつどこで漬け込んだのか、ふと隣の人の醤油の小皿を見ると、イカの握りが漬け込んである。

漬け込んでからだいぶ時間が経っているらしく、白いイカの先端が醤油色に染まり、シャリが崩れて醤油の中に流れ出している。

こういう人が食べ終えたあとの小皿には、醤油漬けになったゴハンがたっぷり沈んでいる。

## ラーメンの具を元のところに置く人

例えばチャーシューをひとかじりして、元のところにきちんと置く。

かじりかけのチャーシューなんか、どこに置いたっていいじゃないか。

そのへんにポイと置けばいいじゃないの。だいたいラーメンなんて、元あった場所にこだわるような立派なとこか？　ちゃんとした場所か？

ラーメン屋のオヤジだって、適当なとこにポイと置いただけじゃないの。

しかも、いつまでも置いとくわけじゃないでしょう。一カ月も二カ月も置いとくわけじゃないでしょう。

でもダメなんですね。この人は元あったところにきちんと置かないと気がすまない。

食べ進んで麺や具が入り混じってゴチャゴチャになっても、きちんと元あった〝あた

り〟に置かないと気がすまない。

## カツ丼のカツを積み上げる人

カツ丼がくると、とりあえずカツを片隅に積み上げる。水防工事の土のうのように積み上げる。

この人は〝設営〟ということが好きなのだ。

キャンプのときなど、テントを張ったりカマドを掘ったり、薪を運んできて積み上げたりしておくことに喜びを感じる人なのだ。

〝備蓄〟を心がける人でもあるのだ。

自分の思うとおりに設営し、備蓄し、それから安心して食べ始める。

〝自分流〟を大切にする人なのだ。

巨人軍の落合選手などは、カツ丼を食べるとき、きっとカツを片隅に積み上げるにちがいない。

もし、こういう人が食べ物屋を始めるとすると、絶対に「居抜き」では店を始めないにちがいない。

必ず自分流に改築するにちがいない。〝カツ丼の居抜き〟さえ嫌って、自分流に改築するぐらいだから。

# フロイトが食べる

キミはいま、カツ丼を目の前に置いて、これからそれを食べようとしている。

キミは、無数にある食べ物の中から、なぜカツ丼を選んだのか。

「それはあれですよ。ショーケースのサンプルをあれこれ見て、カツ丼に心を動かされたからですよ」

なぜカツ丼に心を動かされたのか。

「それはあれですよ。朝、パンとコーヒーだけだったから、なにか重いものを食べたかったわけですよ」

重いものなら、カツライスという手もあったと思うが。

「もちろんカツライスも考えましたよ。でもなんとなくカツ丼のほうを」

そこなのだ、問題は。なぜカツライスではなく、カツ丼になったのか。

キミはその理由を「なんとなく」と答えた。

われわれ精神分析医は、その「なんとなく」を重要視する。

世人、周知のごとく、「カツ丼」と決定したのは意志の力である。

意志は無意識の代弁者であり、意識は無意識の表層である。

意識は、無意識という巨大な氷山の、水面にあらわれたほんの一角に過ぎない。

アゴに手をやって小腰をかがめ、カレーや天丼やラーメンなどのサンプルをひとわたり見回したあと、

「ウン。なんとなくカツ丼だな、きょうは」

と決断したキミの内部にうごめく、魂の暗黒の荒野の律動と、抑制と、リビドーと超自我の葛藤に、キミ自身は少しも気づいてはいない。

さあ、カツ丼を前にしたキミ。

カツ丼に至らざるを得なかったキミの魂の夜の闇に光を当ててみようではないか。

## カツ丼に至る病

キミはいま、大きな重圧に苦しんではいないか。

具体的な事例は訊くまい。職場で、家庭で、あるいは将来の選択において、何らかの抑圧を感じているのではないか。

なぜなら、カツ丼は抑圧のシンボルだからである。

とりあえず、カツ丼のフタを取り去ってみよう。

キミはそこに、重苦しくたちこめる〝抑圧の構造〟を見るはずだ。

ここでは、すべてのものが、重苦しい抑圧に苦しんでいる。

コロモと油に幽閉されて苦悩するカツ内部の豚ロース肉。

卵とダシ汁という粘体にまとわりつかれて慟哭《どうこく》する主祭としてのカツ。

「とじる」という美名のもとに、表層一帯を泥濘《でいねい》化させざるを得なかった、卵とダシ汁の慚愧《ざんき》。

重苦しく濡れそぼったカツにのしかかられて懊悩《おうのう》する最下部構造としてのライス。

ここにあるすべてのものが抑圧され、塗炭の苦しみにあえいでいるのだ。

しかも、それらの苦悶するものたちの最後の希望の光を閉ざすかのように、丼のフタがかぶせられ、あたり一帯は暗黒の闇に閉ざされてしまっている。

トンカツ定食と比べてみると、その明暗はあまりにも明らかだ。

トンカツは、まっ白な皿の上で、明るい陽光を浴びながら、さわやかな五月の風に吹かれ、のびやかに、くったくなく、明るく乾いて展開している。

おお、その横には、すべての生物の希望の色、緑のキャベツとパセリさえ祝福の拍手を送っているではないか。

キミは、その明るさを嫌ったのだ。

湿潤と泥濘と暗黒を選んだのだ。

われわれはそこに、キミの病んだ魂の暗部をまざまざと見ることができる。

キミは、この、暗黒の闇の中で呻吟するものたちを、救出しようとしてカツ丼を選んだのだ。

なぜなら、カツ丼の摂食は、カツ丼の救出劇にほかならないからだ。

キミはまず、第一次抑圧としてのフタを取る。次に第二次抑圧としてのカツを少しずつ排除していって、最終的に最大の被抑圧者たるライスを救出するのである。

キミはこのドラマの中に、あるときは自己を仮託し、あるときは投影し、食欲という快感原則の緊張を少しずつ緩和させながら、抑圧された願望の偽装された充足を得ようとしているのである。

## うどん、そばに至る病

うどん、そばのたぐいを目の前にしたキミ。

キミは依存型の性格を脱却できないで、そのことに悩んではいないか。

いつまでも自立できない自分にいらだってはいないか。

うどん、そばの魅力は〝すする魅力〟である。

うどん、そばのたぐいを、すすらないで、箸の先で口の中に押しこんで食べると旨くないのは誰でも知っている事実である。

われわれ日本人は、スパゲティさえ、すすらずに食べるとおいしくない。

すする魅力とは何か。

それは麵が唇を通過していくときの、擦過感の魅力にほかならない。

その擦過感が快感であることにほかならない。

うどんは、ぬめりながら唇を通過する擦過感を味わっているのであり、そばは、ザラつきながら唇を通過していく擦過感に陶酔しているのである。

そばのザラつきは、一種の「イボつき効果」となって、快感の増幅に寄与しているのである。

うどんやそばをすすりこむとき、うっとりと目を閉じている人が多いことを見逃してはならない。

麺好きの人とは、この擦過感（オーラル感覚）を愛好する人々のことである。

これらの人々は、その発達段階が「口唇性愛」の段階にとどまっていることを意味している。

麺類の吸入行為は、母親の乳房の吸入の代償行為なのだ。

いまキミがすすっている丼が、それを伏せるとまさに乳房そのものの形をしていることは、より象徴的にその事実を物語っている。

彼らは麺類をすすりつつ、口唇快感を味わっているのだ。そういう意味では、自慰行為であるということもできる。

日本そば屋の店内にあふれかえった客たちが、ズルズルと麺類をすすっている光景は、全員が自慰行為にふけっている光景としてとらえることもできるのである。

西洋で麺類のズルズルを禁止しているのは、自瀆《じとく》を禁忌としているキリスト教的戒律の一環であることは言うまでもない。

もし、いまキミの目の前にある麺類が月見うどんであったならば、キミの他者依存的性向は、一層症状が重いと言わざるを得ない。

ツユの上には、卵が浮かんでいる。

シロミと、シロミに包まれた黄色いキミ。

キミはそのシロミとキミを、箸でツユの中に沈めようとはしなかったか。

そのことは、まさにキミの「胎内回帰願望」の代償行為そのものなのだ。

ウドンのツユは母の羊水であり、卵のキミはキミなのだ。なぜならキミはキミだからだ。

## アジの開き定食に至る病

キミはデザイナーになろうとしているのではないか。

デザイナーになろうとする深層の意識の表象が、キミにアジの開きを選ばせたのだ。

アジの開きの形に注目してみよう。

その形は何かに似てはいないだろうか。

その形を抽象化するために、これを魚拓にとって、紙の上にうつしとってみよう。

そしてこれを、「ロールシャッハのテスト」のパターンとして見てみよう。

そうなのだ。

キミはそこに蝶の形を見出して驚くにちがいない。

なに？　蝶の形と見るには少し無理がある？

無理は承知でわたしは言っているのだ。

ロールシャッハは常に強引なのだ。

キミは無理にでも、アジの開きの魚拓に、蝶を見出さなければならない。

そうでないと、キミはデザイナーになれないことになる。

蝶だとなぜデザイナー志望なのか。

蝶はハナエ・モリである。

ハナエ・モリはデザイナーである。

このことによって、アジの開き↓蝶↓ハナエ・モリ↓デザイナーの四段論法はゆるぎなく確立したのだ。

キミはアジの開きを選んだのではなく、無意識の深層で蝶を選んだのだ。

蝶なのだ。キミはデザイナーになりたがっているのだ。

ロールシャッハのテストが、産業心理学の一環として、職業選択のテストに利用されていることは、キミもよく知っているはずだ。

## カレーライスに至る病

キミはいま、解決のつかぬ大きな難局に直面して、そのことから逃れようとしてはいないか。

一時的な「緊急避難」をのぞんでいるのではないか。

カレーライスは混沌の象徴である。

カレーライスの盛りつけには、定形がなく、制約がなくタブーがない。

例えば、同じライス系のオムライスには、きちんとした定形がある。木の葉型に象《かたど》り、それをうす焼き卵で覆い、その中央部に赤いケチャップを一条たらす。

冷やし中華の整然、うな重の頭部と尾部をぶっちがえにした均衡、日の丸弁当の画龍点睛、そうした制約からカレーライスは一切解き放たれている。

ライスの盛り方にも、カレーソースのかけ方にもルールはない。

そこには画然とした意匠への意志がなく、放恣《ほうし》だけがはびこっている。

カレーライスのこの〝混沌〟は、それを食べようとするとき更に加速される。

両者は掻き混ぜられ、混濁を余儀なくされたあと口に運ばれる。

カレーを食べるという行為は、自己自身をカオスの中へ混入させることである。

激辛カレーを例にとると、この事実は一層鮮明になる。

激辛カレーが、ときとして人を忘我、狂乱の境地に至らしめることはよく知られているところである。

キミは難局から一時的に逃避したいために、カレーによる狂乱、すなわちヒステリーの状態を得ようとしているのだ。

狂乱への願望は狂気へのあこがれであり、すなわちキミは、性格的に分裂性気質であることを表わしている。

キミの体型が痩せ型なのはそのためなのだ。

「クレッチマーの性格類型」によれば、痩せ型の人間は分裂性気質に分類されている。

キミはカレーによる狂乱によって、一時的な逃避を試みようとしているのだ。

その狂乱からの覚醒をうながすものが水と福神漬である。

特に福神漬は、神の救済であり、神の仲裁でもある。

すなわち福神漬は「神の福音」である。

福神漬の「神」と「福」の字は、実はそのことを表わしているのである。

## 納豆定食に至る病

キミは自分では気づいていないかもしれないが、キミにはマゾヒズムの傾向がある。そのことは次第に明らかになっていくが、まずキミはあまりに几帳面すぎはしないか。

秩序を重んじ、物ごとを堅苦しく考え、対人関係もぎこちない。

融通が利かず、頑固で、事物に熱中しやすく、一度やり始めたことは粘り強くやりぬく。

正義感が強く義理がたいはずだ。

納豆の最大の特質は、〝粘る〟ということである。

納豆の好きな人は、その粘りの部分を好む。

納豆を嫌う人は、その粘りの部分を嫌う。

納豆そのものは好きだが、粘るところが嫌いだという人は多い。

こういう人は、納豆を水で洗って粘りを取り去り、サラダといっしょに食べたりする。

人間は本質において、粘体（粘るもの）を嫌う。

粘体を嫌う人のほうがむしろ健康であると言える。

塗料、ノリ、粘着テープなどが指についたりすると、人はあわててそれを取り除こうとする。

なぜ人間は粘体を嫌うか。

サルトルの論法で言えば、「粘体は自由を疎外する」から、ということになる。

指についたノリは、指の自由な行動を阻む。

人間は常に自由であろうとする。自由を阻むものを嫌う。

納豆は粘体そのものである。

納豆好きは、納豆そのものより、ネバのほうをことのほか好む。そういう意味ではキミはフェチシズムの傾向があると言える。

熱心に、粘り強く、いつまでも掻きまわしている。

粘体の執拗な抵抗にあいながら、これを排除しつつ、ともすれば〝捉われようとする自分〟に愉悦しているのである。

このときの納豆の攪拌は、キミにとって苦役であり、しかも自ら望んだ受難である。

苦役への志願、不快を快感に転化し、昇華せしめ、そこに愉悦を呼び起こそうとすることれら一連の行為は、まさにマゾヒズムそのものと言ってよいであろう。

マゾとフェチ。

キミはこの二つの業病にとりつかれているのだ。

## 親子丼に至る病

親子丼は、エディプス・コンプレックスそのものである。

エディプス・コンプレックスの絵とき、具現であると言ってもよい。キミはマザコンをいまだに脱しきっていないのだ。

母を愛するあまり父を憎んではいないか。

憎んだあと、いま、許そうとしているのではないか。

親子丼は、親としての鶏肉と、子としての卵から成りたっている。

親としての鶏肉には、父としての鶏肉と、母としての鶏肉とがある。

テーベの息子エディプスは、運命の糸にあやつられて、それとは知らず父王ライオスを殺し、母イオカステと結婚し、そのため妻は縊死《いし》した。

この惨劇が、まさに親子丼の丼の中で行われているのだ。

見よ。父と母はこま切れとなって、その区別さえつかぬまま散乱している。
父はいずこ、母はいずこ、子はいずこ。
父を殺したのは誰だ。母を犯したのは誰だ。

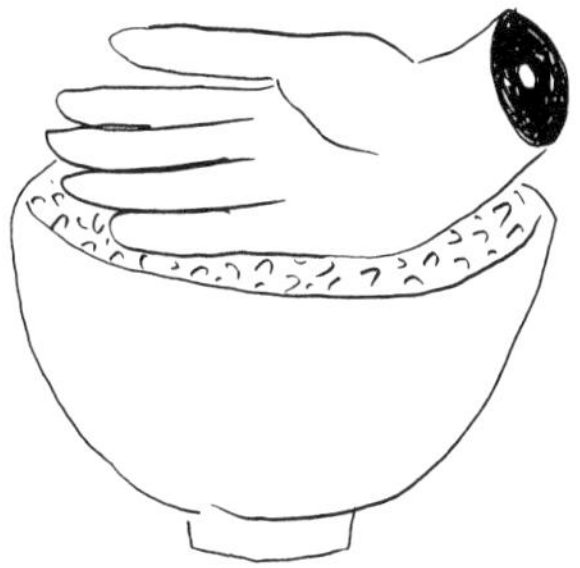

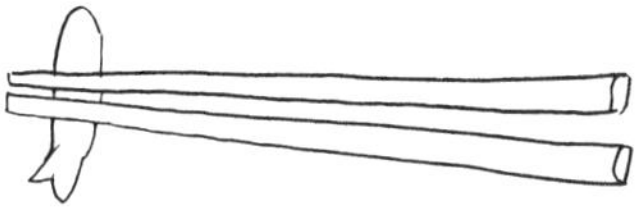

母は父にまみれ、父は子にまみれ、子は母にまみれている。

近親相姦と、親殺しと、縊死と、鶏殺しという恐るべき惨劇の現場に、キミはいま立ち会っているのだ。

しかもそれを、食べてしまおうとしているのだ。

恐るべきカニバリズム。

佐川サンの例をまつまでもなく、カニバリズムは愛情の変型である。愛するものを同化させようとする願望である。

と同時に、ときとして憎悪と復讐の

対象としても行われる。

そうなのだ。キミはいま、親子丼の鶏肉に母を求めているのだ。

と同時に、父を追い求めているのだ。

キミはいま何をしようとしているのか。

ああ、わたしには書くのもためらわれる。

キミはいま、母を犯し、父を殺し、近親相姦と殺人と、カニバリズムによる死体損壊の罪を犯そうとしているのだ。

その白昼夢を見ようとしているのだ。

# 4章 麺類について編

# うどん屋の地獄

自分のなに気ない行為が、周りの人を不幸のどん底に突き落とすことがある。めったにないことだが、たまに起こる。

太宰治は、自分が生きていることが他人を不幸にする、といっている。生まれてすみません、といっている。

つい最近、ぼくの身の上にもそういう事件があった。

その事件は大きなうどんチェーンの店で起こった。

某月の第二土曜日に起こった。

その日ぼくは、区営の野球場の使用許可書類をもらいに行き、手続きを終えて外に出た。十二時ちょっと前だった。

近くにうどんチェーンの大きな店があった。外に大きな提灯を出した誰でも知っている店だ。

ぼくの前にすでに三人の人が並んでいた。ほんのちょっと待っただけでぼくの番になった。

もう目が
見えません
鼻も聞こえ
ません
フッフッ

店のマネージャーらしき男の人に「お一人ですか」と訊かれ、「そうだ」と答え、ぼくは四人掛けのテーブルに案内された。

店の中は八分の入りだった。

ぼくは、こういう店特有のカラー写真つきの巨大なメニューをゆっくり眺め、ゆっくり検討し、様々に迷い、やがて「けんちんうどん」（八三〇円）に決定した。

黒くて厚みのある鉄鍋に入った、いかにも熱そうなうどんである。

その日は北風の吹きすさぶとても寒

い日だったので、けんちんうどんは最良の選択だと思われた。

このけんちんうどんが、多数の人々を不幸におとしいれるそもそもの始まりであったことを、そのとき当人は知るよしもなかった。

けんちんうどんを待っているほんの短い間に、なにやら店内は急速に混み始めた。客のほとんどが家族づれであった。

この日は小学校が休みの第二土曜日だった。これが不幸の第二ラウンドであった。このうどんチェーンの店の近くに大きな団地があった。これが不幸の第三ラウンドであった。

店内はアッという間に満員になり、二十人はすわれる待ち合わせの席も満席となり、立って待つ人さえ出てきた。

席があくのを待つ、老人、夫婦、子供、幼児、若夫婦、カップルといった人々の、ワイワイガヤガヤいう声が大きくなってきた。

見渡してみると、一人でやってきた客はぼく一人だった。

百人は入れるという店内で、一人客はぼくだけなのである。

そうして、この店のマニュアルが、ぼくおよび席があくのを待つ人々をいっそう不幸にするのであった。

これだけ大勢の人が待っているというのに、四人掛けのテーブルにたった一人ですわっているぼくの席に、相席の客を案内しないのである。マネージャーは頑として案内しないのだ。

そのことに気づいたとたん、ぼくは急速にあせり始めた。

他の席が客で埋まっているのに、ぼくのところの〝四人掛けに一人〟はとても目立つ。

このときはまだ不幸の張本人になることをしらない
うどん

二十人からなる、待つ人々のうらめし気な視線がぼくのテーブルに注がれている。

こうなったら一刻も早く食べ終え、一刻も早くこの席をあけるよりほかはない。

けんちんうどんがやってきた。

煮えたぎってやってきた。

コンニャク、ゴボウ、ニンジン、レンコン、豚肉の小片が、鍋の中で煮えたぎって踊っている。

それまで、うらめしそうにぼくのテーブルを凝視していた行列の先頭グループ、老婆、夫婦、子供二人が、その鉄鍋を見ていっせいに目を伏せた。

「よりによってまずいものが来ちゃったよ」

口にこそ出さないがそういう目の伏せ方である。

「非常識よねー。こういうときにけんちんうどんなんて」

そういう目の動きである。

よく考えてみれば、ぼくは非難されるようなことは何一つしてない。

そのことは先頭グループにもよくわかっている。

わかってはいるが、四人掛けに一人でけんちんうどんを食べている男を非難したい。

「ドジなのよねー。あんなに大汗かいて大あわてでけんちんうどん食べてもうまくもなんともないでしょうが」

そういうふうに非難したい。

ぼくはもう、流れる汗が目に入ってなにがなんだかわからない。急いで食べようとしても熱くて熱くて鍋の中のものがいっこうに減らない。本当に熱いのだ。まだ煮えたぎっているのだ。

「ドジなのよねー。だから『冷やしうどん』(三三〇円)にすればよかったのよ。そうすればもういまごろは伝票つかんで立ち上がっているころなのよ」

おまけにこの店のうどんはやけに長い。一本四十センチ以上ある。ズルズルズルズルすすっても、全部すすりこむのにかなり時間がかかる。

時間をかけてすすりこんでいるのを先頭グループは、

「もう少し早くすすりこめないものかしらねー」

という目でじっと見ている。

マネージャーだって、

「もしこのテーブルに四人すわっていれば、一人六百円の客としても二千四百円の売り上げ。それがこいつのおかげでたったの八百三〇円」

と、うらめしく思っているにちがいないのだ。

生まれてすみません、うどんをすすりつつ本心からそういう気持ちになった。

# 「普通のラーメン」

最近のラーメンブームの過熱ぶりはすごい。

ラーメン好きの人たちの会話の内容もすごい。

「渋谷の評判店Kは中細ストレート麺を使っているが、あのスープにはむしろ熟成多加水平打ち太目ちぢれ麺のほうが合うと思う」

「いや、ぼくは家系《いえけい》御用達ブランド酒井製麺の太目ストレートにすべきだと思う」

「背脂チャッチャ系の有名店Sの背脂の粒はもう少し小さいほうがよい」

「中野のKは水にもこだわっていて、逆浸透性浄水装置ろ過水を使っているからスープが最後まで濁らない」

「井出系と車庫前系の中間の味で勝負している和歌山ラーメンのMは、もっと車庫前系の味を出してほしい」

「『*元祖一条流・がんこ十六代目』の近くにある『元祖一条流・がんこ総本家』の〝悪魔の日〟にぜひ一度参加してみたい」

ナンダコリャ。

と、誰もが思うようなことを、みんな真顔で語り合っている。

彼らはインターネットで情報を交換しあっているから、新規開店の店がおいしいとなれば、一か月ぐらいでその店は行列店となる。

最近評判の店といえば、「麺屋武蔵」「くじら軒」「*香門《かもん》」「山頭火」「光麺《こうめん》」「*竈《かまど》」「支那そばや」といったあたりらしく、

「『竈』のくんたま、たまんないね」

「『支那そばや』の幻の豚、金華豚や、黒豚桃園のチャーシューというの、ぜひ一度食ってみたいね」

というような会話になる。

くんたまというのは燻製《くんせい》の卵のことだ。

彼らのラーメンに対する取り組み方は真剣だ。

インターネットでいちはやく情報を入手し、いちはやく駆けつけ、いちはやく並ぶ。

「三十分も並んだんだから、まずかったら承知せんけんね」

の意気込みで目を三角に改造して取り組む。

まるでワインをテイスティングするソムリエのようだ。

まず麺を少し高くかかげ、色、太さ、ちぢれ具合を確かめ、うなずき、自分は麺道五段なんだかんな、なめんなよ、というふうに店主を見やる。

次に麺をハゲシクすする。ハゲシクすするほどプロっぽく見えるからだ。

ハゲシクすすりすぎてムセているのがカウンターに二人はいる。

ムセそうになってこらえているのが一人はいる。

麺を飲みこんで、ほんのちょっとだけ首をかしげ、それから思い直したようにウンウンと二度うなずき、また店主を見やる。

次にスープを少しすする。すすった姿勢のまま、視線を遠くにはわせ、判断に迷っている風をよそおったのち、こんどは大胆にすすり、なにやらニンマリとほほえんだのち店主を見やる。

だが、店主からは完全に無視されている。

メンマを取りあげて噛みしめ、うなずき、チャーシューをつくづくと眺めたのち口に入れ、ハゲシクうなずき、さっきからうなずいてばかりいるのだが店主には無視されている。

食べ終えて立ちあがり、金を払いながら、

（ご主人！　麺とスープがドンピシャ）

というふうにニッコリとうなずいて店を出てくるのだが、仲間には、

「なんだい、噂ほどじゃないじゃないか。スープのキレにもう一つコクがなく、将来に期待したい」

なんてことを言う。

こういう人たちの中には、ラーメンを年に三〇〇食、四〇〇食というのがざらにいるという。

彼らはラーメンにハゲシク期待して出かけていくから失望も大きい。

食べたあとの心もすさむ。

食事というものは、本来食べて和《なご》むもの、食べて満ちたりるものであるはずなのに、食べて心がすさんだんじゃあ、どうしようもない。

ぼくの西荻窪の仕事場から歩いて六分ほどのところに、昔ながらの中華料理屋がある。

老夫婦だけでやっている店で、メニューはラーメン、タンメンから始まって、チャーハン、焼きそば、中華丼、天津丼、八宝菜、酢豚まであるという店だ。

ぼくはこの店に、ラーメン、タンメン、チャーハンのいずれかを食べに行くのだが、この店のラーメンはご想像のとおり、なんの変哲もないラーメンだ。

昔ながらの醤油味で、スープの表面に小さな鶏ガラの脂が浮いていて、ナルトが入っていて、数本のメンマ、薄く切ったチャーシュー一枚、海苔、麺はややちぢれ気味の中細麺。
このラーメンを、近所の買い物帰りらしいおばさんたちがよく食べにくる。
店主と知り合いらしい人が多く、お天気の挨拶を交わしたあとラーメンを注文し、

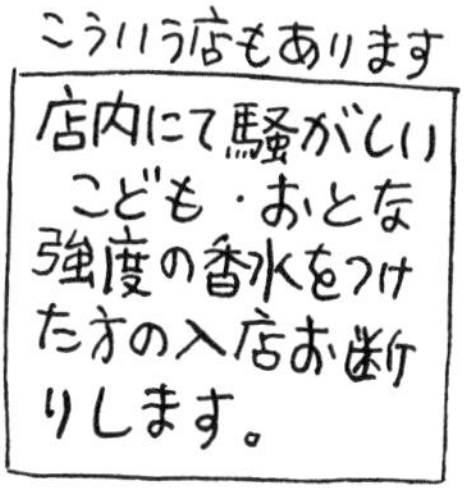
こういう店もあります
店内にて騒がしい
こども・おとな
強度の香水をつけ
た方の入店お断
りします。

感動するわけでもなく、失望するわけでもなく、大きくうなずいたりするわけでもなく、ただ淡々と食べて、淡々と立ち上がり、淡々と買い物袋を取りまとめ、淡々とお金を払って出て行く。

この店のラーメンは特別においしいか、と訊かれれば、特別にはおいしくないと答えざるをえない。

まずいか、と訊かれれば、はっきりまずくないと答えられる。

もともとラーメンは、期待して目を三角にして食べるものではなかったはずだ。

いつからこんなことになってしまったのか。

＊現在は閉店。

# 午後二時のラーメン屋

午後二時ごろのラーメン屋はいい。

すいているし、なんかこう、店内がしみじみしている。店主は顔つきがしみじみしているし、寸胴鍋の湯やスープもしみじみ煮えている。

昼めしどきの喧噪《けんそう》が終わって、そのあと始末も一段落し、カウンターなんかも拭き終わって、コショウや箸《はし》立《た》ての位置も正し、ようやくホッと一息つく、というのがちょうど午後二時あたりになるからだろうか。

このころにラーメン屋に来る客は、大体しみじみした客で、しみじみした客がしみじみした声で「ラーメン」と注文する。

まず水の入ったコップがくる。

この水もなまぬるい水で、コップがビタビタに濡《ぬ》れていたら、これからのこの店における〝ラーメンのひととき〟は決して明るいものにならないだろう。

店主は、重なっているラーメン丼の一つを取りあげ、所定の位置に置く。

この丼がビタビタに濡れていて、しずくがたれるようであれば、これからのラーメンのひとときは、ますます暗くなったと思ってさしつかえない。

その店のラーメンのおいしさは、容器のビタビタ度に反比例すると言われているからだ。

ラーメン屋の主人は、特に張りきっているわけでもなく、かと言って沈んでいるわけでもない、という人が多い。

人生に大きな希望を持っているわけではないが、決して失っているわけでもない。適度の勤勉、しかし適度の手抜き、しかし適度の誠実、といったものを感じさせる人が多い。

さて所定の位置に置いた丼に、店主はオモチャみたいな小さなヒシャクでタレをひとすくいすくい、適度の誠実と適度の手抜き的態度でもって丼の中に入れる。

化学調味料を入れる。

きざんだネギを入れる。

そうしておいて、麺のほうにとりかかる。「島田製麺所」なんて書いてある平べったい箱の中から麺をひとたま取り出し、もむような、ほぐすような動作をし、それを大量の湯の中に入れる。

　太くて長い箸で、湯の中の麺を、右に左にときほぐしてやる。

　これらの動作を、客は、カウンターの下から取り出した〝ホッチキスでとめたスポーツ新聞〟を読みながら、それとなく観察している。

　店主の麺をもむ動作に愛情がこもっていたか、タレを丼に入れるとき、なげやりな態度はみられなかったか、そういった点をチェックしているのである。

　客が気にしている点はただ一点、「この店主はオレのラーメンを根性入れて作っているか」という点である。

ホッチキスポーツに半分目を注ぎながら、あとの半分はそっちのほうも監視しているのである。

麺を入れた鍋に木のフタをする。

フタをして店主はここで少し休めの姿勢。

静かで、しみじみした、午後二時の店主と客の二人だけの沈黙のひとときが流れる。

換気扇の音だけが、湯気とともにあたりに流れる。

ややあって、店主はチャーシューの容器を引き寄せる。

一本のチャーシューのかたまりを取り出し、まな板の上にのせて包丁をかまえる。

このとき、静かだった店内に緊張が走る。店主も少し緊張する。

ホッチキスポーツを構えてはいるものの、客は緊張して横目でその動作を見守っている。

どういう肉質か、厚さはどのぐらいか、一枚か二枚か……。

包丁がストンとおろされ、切られた一片がパタンと前に倒れる。

店主は残りを容器にしまう。

この店のチャーシューは一枚だったのだ。客は少し落胆し、小さなため息をつき、ホッチキスポーツをガサガサめくる。

丼がこりすぎている
ラーメンはおいしくない

次に店主はヒシャクを取りあげる。

大きなヒシャクだ。寸胴鍋からスープをすくって丼に入れるスープ用のヒシャクだ。この大きなヒシャクはなぜか頼もしく、客は思わず「頼むぞ」と心の中でつぶやいてしまう。

　大きなヒシャクで、大きな寸胴鍋からスープをナミナミとすくって丼に投入。

　このナミナミ感がいい。

　それまで、小さく黒くひっそりとよどんでいた丼の中のタレは、たちまち上を下への大騒ぎになる。

　熱いスープは丼の中で逆流し、湯気は立ちのぼり、ネギはさか巻き、化学調味料は溶け、飛沫《しぶき》はとびちる。

　一杯のラーメンは、このように着々と製作されつつある。

　チキスポ（ホッチキスポーツの略）の陰からこれらの進行を盗み見つつ、客は「ここらあたりが中盤のヤマ場だな」と思う。「先は見えたな」と思う。

　ここまでくればもう安心だ。夜明けは近い。

このように、わがラーメンの製作過程を逐一目で追いつつその出来あがりを待つ、というのがカウンター式のラーメン屋の楽しみの一つである。

カウンターではなく、テーブルにすわってじっと待っていると、突然、できあがったラーメンが目の前に置かれる、という場合と比較してみると、その違いがよくわかる。

店主はここで麺の鍋のフタを取る。

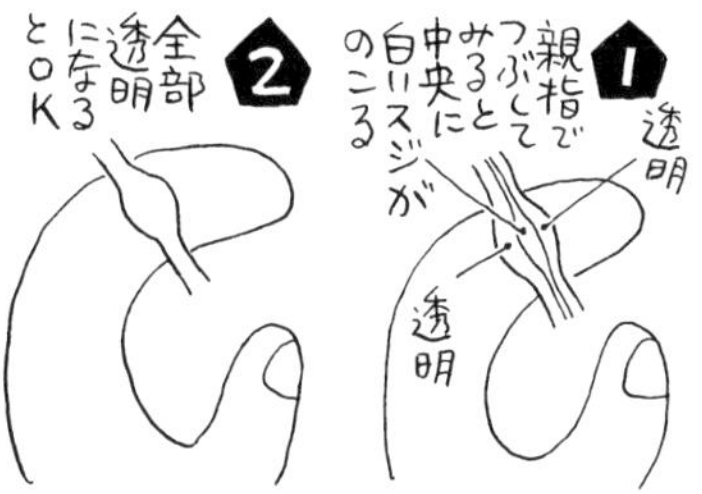
1
透明
親指でつぶしてみると中央に白いスジがのこる
透明
2
全部透明になるとOK

麺を一本箸ですくって、指でつぶして麺のゆであがりぐあいを見る。見て再びフタを閉じる。

もうちょっと、というところらしい。

〝一発でOKがでなかった〟というところに真剣味が感じられる。

どうやら店主はわがラーメンを根性入れて作っているらしい。チキスポの陰で客の口元がほころぶ。

一呼吸あって、店主は意を決したようにフタを取り、麺すくいと箸をあやつって麺を残らずすくいあげ、チャッチャッチャッチャッと湯を切り、丼の中に静かに慎重にすべりこませる。

（スープが入った。麺も入った。次はいよいよ具だな）

このあたりになると、客はチキスポを構えてはいるものの、心はもはやチキスポにはなく、98％ぐらい丼のほうに移っている。

いま開いているページでは、田淵監督がどうかしたらしいし、桑田投手も何かしたらしいが、いまはそれどころではない。

まずチャーシュー、次にシナチクの順で具が麺の上に置かれる。

最後にハラリとノリを一枚。

これを店主は片手でつかんで、カウンターの一段上のところに置く。

客はそれを、賞状を押しいただくように両手で受け取ってカウンターに置く。

ラーメン丼のやりとりは、「店主片手、客両手」がこういう店のきまりである。

まちがって片手で取ってはならない。

片手で取ると手がふるえて頭からかぶる危険がある。

# いまが旬、冷やし中華

食べ物から季節感が失われた、といわれるようになって久しい。

いまが旬、という言葉もあまり聞かれなくなった。

そうした風潮のなかで、唯一、季節感を保っているのが冷やし中華だ。

ラーメン屋で「冷やし中華始めました」の貼り紙を見ると、

（そうか、ことしもそういう季節になったのか）

の思いを新たにする。

冷やし中華はまさにいまが旬。

冷やし中華は真夏に食べるよりいま（7月初め）のほうがおいしい。

カッと照りつける真夏の暑い日より、ちょうどいまのような、少しジメジメしていて蒸し暑い日に食べるとおいしい。

酢の刺激的な味と匂いが、湿った空気をふり払ってくれるのかもしれない。
ところで「冷やし中華始めました」という言い方、ずいぶん消極的だと思いませんか。
「始めました」のところに、店主の一歩引いた姿勢が感じられる。
いよいよ冷やし中華の季節だ、さあ張りきって作るぞ、という姿勢は見えてこない。
「冷やし中華スタート！」
のほうがずっといい。やる気を感じる。「始めました」だと、

「どうしても食べたいなら作るけど」
と、ちょっと嫌がっているようなところが見える。
ここで話が急転換するのだが、プロ野球やサッカーの選手たちが、インタビューを

受けて、何か一言二言しゃべったあと、

「応援よろしくおねがいします」

と言ったりするが、ぼくはあれ、大嫌い。

へりくだる、というか、下手に出る、というか、商人の、

「へイ、まいどごひいきに、へイへイ」

のように「へイ」が似合う言い方で、

「へイ、応援よろしくおねがいします、へイへイ」

と言ってるのと同じではないか。

ラーメン屋のおやじさんを見習いなさい。

「冷やし中華始めました。応援よろしくおねがいします」

などと書くおやじさんは一人もいないぞ。

ラーメン屋のおやじさんが冷やし中華を作るのを嫌がっているのではないか、という推測の根拠はいくつかある。

行列のできるような評判店のメニューに冷やし中華はまずない。

そういう店で「冷やし中華ありますか」なんて訊こうものならただちに追い出されるはずだ。

冷やし中華には、これがほんまもんの冷やし中華だ、という基本形が曖昧なので熱の入れようがない。

本業のラーメンのほうは、スープは九州のどこそこの鰹節とアゴ出しで、昆布は日高で、麺は北海道のハルユタカという小麦粉を使って、というような論議がなされるが、冷やし中華ではそういうような話はいっさい出てこない。

冷やし中華でビールを飲むことはときどきある。

別盛りの冷やし中華の例

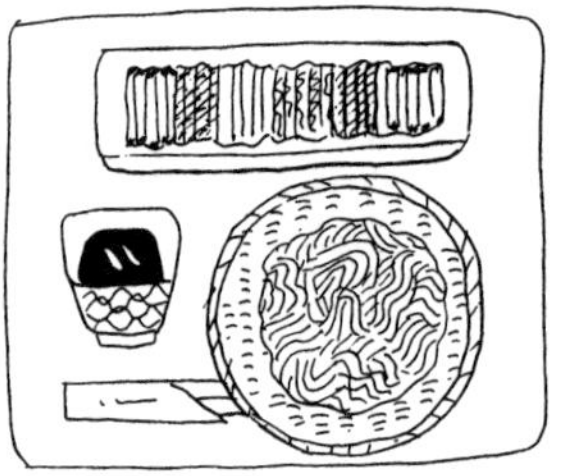

ここで問題になってくるのは具の盛りつけ方である。
盛りつけの基本は神田神保町の「揚子江菜館」の富士山を模したものだ。
ハムを一本一本、きゅうりを一本一本、一分のすき間なく丁寧に並べてある。
適当に手を抜いて具を並べてある冷やし中華だと、ビールのつまみにハムを気軽につまみあげたり、クラゲを引っぱり出したりできるが、「揚子江菜館」タイプだと抵抗がある。

抵抗があっても、結局そこからいろんなものを引っぱり出さねばならないわけで、引っぱり出すとき、なんだか盗み出しているような気持ちになる。

本来冷やし中華家所蔵のものを、隣の家の者がスキを見ては盗み出して盗み食いをしている、そんなことして恥ずかしくないのか、なんて思いながらビールを飲んだりするのはつらい。

そこで考えられるのは具の別盛りである。

具を別の皿で出す。

これだとかなり抵抗が薄れる。

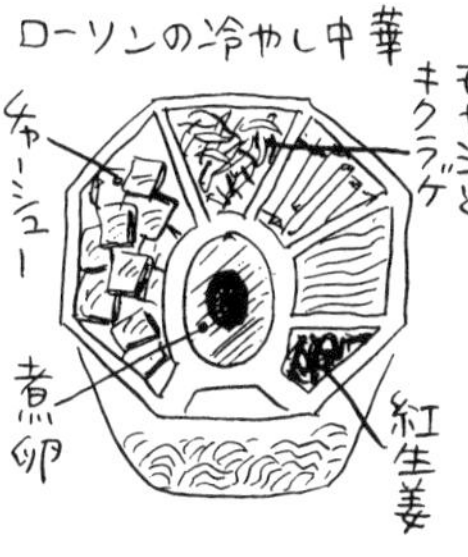
ローソンの冷やし中華
モヤシとキクラゲ
チャーシュー
煮卵
紅生姜

盗み食いから少し出世して万引き食いぐらいの心境になる（出世してないか）。

具は別盛りで、麺のほうはツユにひたっているのと、ツユも別の器でつけ麺方式という店もある。

具を麺に盛りつけるのと、別盛りとどっちが好ましいか。

不思議なもので、別盛りを食べているといっしょ盛りが懐かしく、いっしょ盛りを食べていると別盛りで食べたいな、なんて思う。

冷やし中華界に新風をもたらしたのがコンビニの冷やし中華だ。

コンビニの冷やし中華は基本的には別盛りだ。

プラスチックの丼状の容器にツユの袋と麺が入っていて、その上にフタ状の容器がかぶせてあってそのフタの凹凸の一つ一つに具が入っている。

その上に本物のフタという仕組み。これを食べるとき、みんなはどういうふうにして食べているのだろう。

ぼくの場合はいつも迷いに迷う。

容器の中ブタとしての具入れの皿をそのままわきに置いて別盛りで食べるかハムやクラゲやきゅうりを麺の上に自分で盛りつけていっしょ盛りで食べるか。

その場合、「揚子江菜館」風に徹底的に丁寧に盛りつけるか。

それに準ずる盛りつけにするか。

ゴチャゴチャ雑然盛りでいくか、いつも一分ぐらい悩んでいます。

# チクワ天そば騒動記

食べ歩きは楽しい。

誰だって楽しい。

こんどの日曜日は食べ歩きをしようかな、なんて考えるだけでも心がはずむ。

まずあそこのあれを食べ、ちょっと歩くけどその近くに旨いコーヒー屋があるからそこで休憩がてらコーヒーを飲み、しばらく時間をおいて夕方になったら立ち飲みだけどあそこの焼き鳥屋で一杯やる。よーし決まった、なんて大きく膝をたたいたりする。

食べ歩きというものは、このように次々に別の店に行って様々な味を楽しむことをいう。

ところがですね、つい先日、ぼくはヘンな食べ歩きをしてしまったのです。最初か

らそういう食べ歩きをしようと思ったわけではなく、結果としてヘンな食べ歩きになってしまった。

それにしても食べ歩いたものがこれまたヘンだ。

チクワ天そばです。

しかもチクワ天そばだけを、次から次へ三軒も食べ歩きしたのです。

チクワ天そばというのは普通のそば屋にはない。

立ち食いそば屋にしかないから三軒も続けて立ち食いそば屋を食べ回ったことになる。

チクワ天というのは、チクワ丸ごと一本をタテ半分に切って衣をつけて油で揚げたものだ。

ホカ弁の全盛時代に人気になり、立ち食いそばがその志を受けついで今日に至っている。

不思議なことにホカ弁のときのチクワ天はしんなりもっちりしておいしいのだが、そばのときのチクワ天はしんなりしない。

硬直している。

ホカ弁のときは弁当パックの中で蒸されることによってしんなりするのだが、立ち食いそばのときは、箱詰めからいきなり取り出されていきなり丼の上にのせられるから温まるヒマがなく、それで硬直しているのだと思う。

というのは人間側の考え方で、チクワ側にはチクワ側の考えがあることがチクワ研究家によって近年少しずつわかってきた。

チクワは立ち食いそば屋のそばの上の自分が不満なのだ。

自分の本業はあくまでおでんであって、素肌のままおでんのつゆにひたっていてこそ本領が発揮できる。それなのに、なんだかヘンなコロモを着せられて、しかも油なんかで揚げられて、というところが不満なのだという。

それでああして身も心も固く閉ざし、反抗して突っぱらかっているのだ。

ぼくの記憶が正しければ、立ち食いそば屋のチクワ天そばは丼の上に橋のようにかけて供される。

これも研究家によると、チクワ天がどうしてもそばのつゆにひたりたくない、というので橋渡しという方法がとられるようになったのだそうだ。

ずいぶんとチクワ天の説明が長くなってしまったが、この説明の長さによって、ぼくがいかにチクワ天を愛しているかがおわかりいただけたと思う。

食べ歩きに話を戻す。

JR新宿駅の改札を出てアルタの方向に向かう通路を歩いて行くと、これはあの通路を利用している人のおそらく9割の人は経験していることだと思うが、左の方角からそばつゆの匂いがしてくるんですね。

いい匂いなんですね、これが。

ふだんなら、いい匂いだな、で済ますのだが、その日はどういう風の吹きまわしか、ふらふらと匂いの方向に歩いて行ってふらふらと店の中に入ってしまった。

こうなったらもちろんチクワ天そばです。

いやあ、久しぶりだなあチクワ天そば、チクワ天が丼に橋渡しなんだよね、と待ち構えていると、やってきたチクワ天そばはチクワ天が橋渡しじゃない。

橋が丼の中に落っこっちゃってる。丈が短く身も細く、そばのつゆに全身がひたっている。丈の短い小さいチクワを、タテ半分に切って揚げてあるのだ。

これではチクワ天は反抗しようにもどうすることもできない。

あまりに気の毒ではないか。

「……」

しばらく無言。しばらく無念。

半分だけ食べて店を出たのだがどうにも気分が治まらない。

チクワ天そばは橋渡しでこそ、と清少納言は言ってないかもしれないが、帰りの電車に乗っても無念は晴れない。


電車が荻窪駅にさしかかったとき、ホームに「そば」の文字が見えた。迷わず降りてチクワ天そばを注文する。

胸をドキドキさせながら待っていると、この店のチクワは、やれ嬉しやふつうの大きさ。なのに何ということか、橋が倒壊している。

橋がナナメになっていて片側がつゆにつかっている。

しょうがないので自分で片側を引き上げてち

チクワ天そばは
切って入れるほうが自然だが
長いのと格闘するところに趣がある

ゃんとした橋渡しにする。これでいいことはいいのだが釈然としない。チクワ天そばは最初から橋渡しでこそ、と兼好法師は言ってないかもしれないが、自分で工事したものは正しいチクワ天そばとは言えない。

これも半分だけ食べて店を出る。

再び電車に乗ってつり革につかまっていたのだが、望郷の念というか、望チクワ天そばの思いやまず、そうだ、たしか西荻窪の駅前の立ち食いそば屋のチクワ天そばは橋渡しだったはず、と思いつき、すぐ駆けつけたのだが、残念ながらここのも新宿のと同じ小さいやつだった。

いまとなっては荻窪駅の倒壊ものを正式と認めて釈然としておけばよかった、と、やはり釈然としないのだった。

# 5章 食堂で思い出づくり編

# そうだ、京都、定食屋！

「そうだ　京都、行こう。」

というキャッチコピーがあるが、この「そうだ」の中身について考えてみたい。

「そうだ」と力強く言うからには、ハタとヒザを打つにちがいない。ハタとヒザを打つからには、それなりの中身の濃さがなければならない。

人間、滅多なことでヒザを打ったりしないからだ。

話はちょっと変わりますが、高見盛関ね、あの人はヒザを打つ代わりに顔を打つ。顔をバシバシ打つ。

もしですよ、高見盛関が、急に、

「そうだ　京都、行こう。」と思いたったらどういうことになるか。もう大変なことになると思うな。

バシバシと十分ほどは顔をたたきにたたいて顔が腫れあがっちゃうと思うな。

話を元に戻して、「そうだ　京都、行こう。」と思いたった人はどういうプランを考えるだろうか。

「そうだ、京都行って嵯峨野を散策してこよう。ついでに写真も撮ってこよう」というのもあるだろうし、

「そうだ、京都行って瓢亭《ひょうてい》の朝粥を食べて、それから南禅寺の湯豆腐を食べて、エート、それから……」と、京都の旨いもの巡りを思いつく人もいるだろう。しかし、

「そうだ、京都行って定食屋巡りをしてこよう」と思いたつ人はまずいないのではないか。

大抵の人は、

「なにも京都まで行って定食を食べてこなくてもいいだろうに」と思うはずだ。

するとなにか？　京都行って定食を食べてきちゃいけないのか？

するとなにか？　定食をバカにすんのか？

清貧の殿堂、定食屋を軽蔑すんのか？

「そういうわけじゃないけど、奥ゆかしい千年の古都京都と、定食屋はなじまないものがあるんじゃないの」などと気取って言う人もいるにちがいない。

今回のこの企画は、そういうスノッブな連中に対する反感というか、腹いせというか、嫌がらせみたいなものに端を発しているような気もする。

うん、嫌がらせ、確かにあるな。

「そうだ　京都、行こう。京都に嫌がらせに行こう」

ぼくは前々から考えていたのだが、京都へ定食を食べに行くという企画、いいと思うんだけどなあ。京都にだって定食屋がないはずがない。京都の定食は、東京の定食とは違った、いかにも京都らしい特色があるかもしれないではないか。

たとえば定食屋の定番は鯖の味噌煮だ。京都は言わずとしれた白味噌の本場。鯖の味噌煮の味噌が白味噌ということも考えられる。鯖の白味噌煮、どうです、食べてみたいじゃありませんか。

当然、味噌汁も白味噌仕立て、白味噌仕立ての味噌汁、飲んでみたいじゃありませんか。

お新香だって京都は漬け物の本場だ。すぐき漬け、柴漬け、みぶ菜漬け、そういったものがさり気なく出てくるかもしれないではないか。

そうか、なるほど。京都の定食屋巡りもなんだか面白そうだな、ようし、オレもこんど行ってみるか、なんて人が少しずつ増えていって、やがて全国的なブームになり、あちこちの旅行社が「京都定食屋巡りツアー」を企画する、なんてことになってもしらんかんね。

定食屋巡りの嚆矢《こうし》となる、わが「京都定食屋巡りツアー」は、最少催行人員二名で出発することとなった。

同行はこういう食べ物系の企画には不可欠の、巨漢大食い食い倒れ青年、いまや文春の「おかわり君」とまで言われるようになったI田青年である。鬼に金棒、丼めしにI田。

I田青年はインターネットやディープなガイドブックなどを駆使して四軒の定食屋を選び出した。ディープなガイドブックには、ちゃんと定食屋も載っていて、なんと〝定食屋の有名店〟などというものもあるようなのだ。そういう有名店には、〝定食屋おたく〟が蝟集《いしゅう》しているという。

「柳馬場《やなぎのばんば》錦亭」「京極スタンド」「今井食堂」「大銀《だいぎん》」の四軒を巡ることになった。

まず「**柳馬場錦亭**」へ。

京都駅を出てタクシー乗り場に向かう。すると、なんと、客待ちのタクシーの先頭はベンツだった。ベンツのタクシーには一度も乗ったことがないので、よし、この際乗ってみっか、と、乗り込もうとしてハタと気がついた。

〝ベンツに乗って定食屋へ〟は、〝自転車に乗って料亭へ〟と同じぐらいつじつまが合わない。

普通の車に乗り換えて定食屋へ。

京都の台所、錦市場から数分というロケーションだというので、それなりの規模の店舗を想定していたのだが、着いてみると間口二間ちょっと、その二間ちょっとがそのまま奥に続いているまさに鰻の寝床状態の店。その二間ちょっとのところに厨房をしつらえ、客席をしつらえるわけだから、鰻も寝返りをうつのがむずかしそうだ。

時間は午後一時十分。店内に客一名。

ベレー帽をかぶった近所の人らしいおとうさんなのだが、ベレー帽は柄じゃないな、という出でたちで、新聞を読みながら定食を食べている。

厨房におばさん一名。

店のまん中のテーブルの椅子に猫一匹。

段ボールではあるが、立派な小屋を作ってもらってその中で気持ちよさそうに眠っている。

この店は「日替り定食」一品きりで、本日の定食は「生はたはた付け焼き、切りぼし大根、しいたけあげ、人参含煮、ひじき含煮、えんどう卵とじ」(780円)、もちろんカード不可。

まずお茶が出る。お茶が熱い。

お茶を出しておばさんは厨房に引っこむ。そのあと、どうもなんだか時間がかかる。

「この猫の小屋、写真に撮っていいですか」と訊くと、

「その小屋去年新築したの。その猫特技があるからあとで見せてあげる」と、どうやら気さくな人らしい。

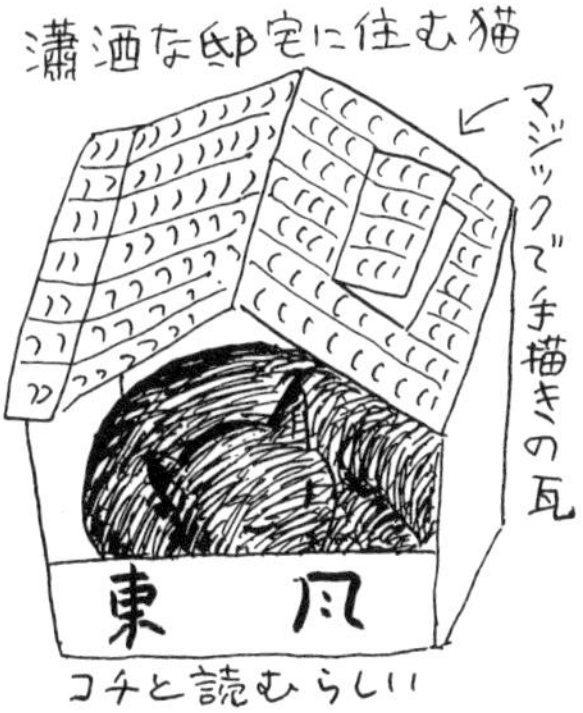
瀟洒な邸宅に住む猫
マジックで手描きの瓦
東風
コチと読むらしい

定食到着。

漆塗り風の立派なトレイ。トレイの上から盛んに湯気が上がっている。

ゴハンが熱い。はたはたが熱い。味噌汁が熱い。

おっ、やっぱり味噌汁が白い。白味噌仕立てだ。具は豆腐とネギ……だけどネギが青い。東京だと味噌汁のネギは白だが京都は青いのか。

一口飲んでみる。ダシはよく効いているのだ

が、京風らしくかなりの薄味。

おっ、ゴハンの上にほんのちょっとフリカケのゆかり。ゴハンが熱くてふっくらと炊きあがっていてとてもおいしい。

生はたはたは醬油の付け焼きで、はたはたってこんなに脂があったっけ、というぐらい脂がのっていておいしい。お新香は自家製らしく、干した大根の塩漬け風のものだ。

われわれの食事が終ると、厨房からおばさんが出てきて、

「それではコチくん（そういう名前らしい）の特技を」と言って見せてくれたのは猫のイナバウアーで、猫のイナバウアーは別に珍しくないな、と思っていたら、その姿勢のまま眠りこんでしまうところが特技ということらしい。

それまで新聞を読んでいたベレー帽のおとうさんが、

「へえー、オレ、それ初めて見た」と言って新聞をめくり、京都の定食屋はまことにアットホームな雰囲気なのであった。

二軒目は「**京極スタンド**」という新京極にある店。

昭和二年開業という伝統のある定食屋である。最初十銭食堂としてスタートして、

時代と共に定食屋化していったらしい。

なにしろ昭和二年創業であるから何もかもが古めかしい。なぜか天井がやたらに高く、そこに飛行機のプロペラみたいなもの（天井で気だるく回ってるやつ）が二つ下がっているのだ〝おじいさんの時計〟と同様〝いまはもう動かない〟。

入口のレジの上に大きな神棚があるのだが、ほとんど廃屋化していて〝いまはもう居ない（神様が）〟状態。マンションの広告なんかにある（現空）というやつですね。

入口のレジは木製の古色蒼然としたもので、レジのおばさんは伝票の計算は電卓でやり、受け取ったお金を収納する収納箱として使っており〝いまでもちょっと動いている〟状態。

カウンター、テーブル合わせて四十人は入れるという大きな店で、夕方六時半に行ったのだがほぼ満員。テレビがあって野球中継をやっているのだが、それを見ている人は一人もいない。

四十人全員が飲食に熱中している。

メニューはやたらに豊富だ。

「本日の日替定食　880円」のほかに「煮魚（カレイ）やっこ付き定食　880円」「豚生姜焼定食　820円」「おそうざい定食（煮物・やっこ・ミンチカツ）670円」などがあり「ラーメン・ライス定食　650円」というのが異彩を放っている。そのほかに酒のサカナ系が無数にある。

食べる量に関しては無敵艦隊であるわれわれ定食ツアー一行は、まず「煮魚定食」をとり「おそうざい定食」をとり「ちくわ天　450円」をとり「ハムカツ　450円」「ほうれん草　380円」「自家製コロッケ　580円」をとり、更に「ぶたポンズ　500円」をとった。生ビール（大）780円もとった。「ぶたポンズ」は、大きな肉のカタマリをゆでて、たっぷりの刻みネギ（青い）とポン酢をかけて食べるという不思議なものだ。

この「スタンド」も最初に熱いお茶が出てくる。

味噌汁は白味噌ではなく普通の味噌で具はワカメだけ。お新香は高菜漬けだった。

ここもゴハンが熱くておいしい。

大勢の客がワイワイやってる中で、一人で来て文庫本を読んでいるおじさんがいた。おもしろいのは、四十人近くもいるのに日本酒を飲んでる人は一人もいず、全員がビールだったことだ。これだけの人数の人が、ビールを飲んで熱く語り合っているのに、店内が騒がしくない。東京だったらかなりうるさくなるはずだ。

やはり京都弁のせいなのだろうか。

三軒目は「**今井食堂**」。

この店は京都の定食おたくの聖地として知られているという。なぜ〝聖地〟なのかはおいおいわかってくると思う。

上賀茂神社の近くにあるこの食堂は、「サバ煮の今井」として有名なのだという。この店の歴史も古い。終戦以前にうどんの店として開業し、代が替わって定食屋になった。今井のサバ煮が有名になってからでも四十年経つという。

この店も鰻の寝床状に狭くて奥に長い。テーブルはなく、両側の壁に沿ってカウンターがあり二十人近くすわれる。

開店は午前十一時なのだが、その時間に行くとすでに四人の客がひっそりと定食を食べていた。〝ひっそり〟と書いたのは訳があって、この店は二十人入っていてもひっそりなのである。

黒を基調とした店内は薄暗く、しかし極めて清潔で全席カウンターなので客同士が対面することがなく、そのため会話が生まれにくいということもあるかもしれないが、それより何より、一度店に行ってみるとわかることなのだが、この店は〝ひっそり〟が伝統化している店なのだ。店内には不思議な〝真面目な空気〟が流れていて、いかにも清貧の殿堂、清貧の聖地という思いを抱かせる。

本日の定食のメニューは、「サバ煮定食　630円」「コロッケ定食　420円」「チキンカツ定食　577円」「おすすめ定食　683円」などがあり、「おすすめ定食」というのは「サバ煮・チキンカツ・コロッケ・玉子」の組み合わせで、まず値段の安さが殿堂を思わせ、値段のハンパさが聖地に思いを馳せさせる。

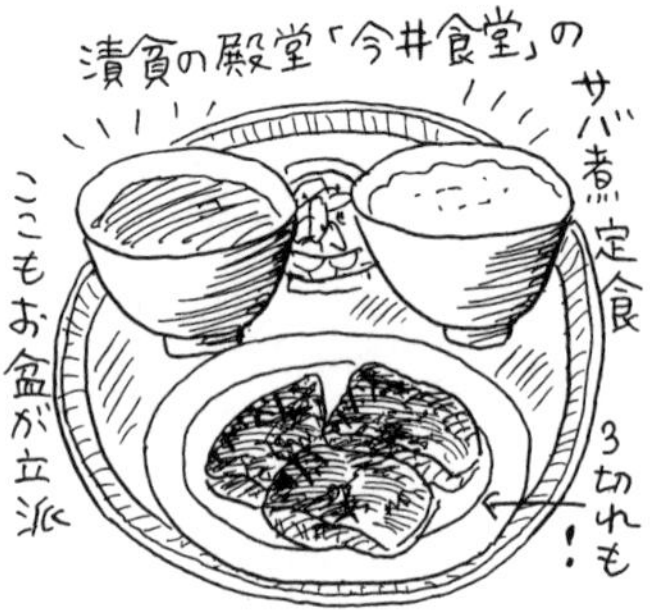
清貧の殿堂「今井食堂」の
サバ煮定食
ここもお盆が立派
3切れも！

もうお気づきと思うが、この店の鯖はサバ煮であってサバ味噌煮ではない。味噌ではなく、醤油、砂糖、味醂《みりん》で煮られており、しかも煮ては冷まし、煮ては冷まし、三日目でようやく完成という大事《おおごと》のサバ煮なのだという。

ここも最初に熱いお茶が出る。

どうやら京都の定食屋は水ではなく熱いお茶を出すのが慣習らしい。

ゴハンが熱い。味噌汁が熱い。

これも京都の定食屋の厳守事項のようだ。

味噌汁は普通の味噌仕立て。ダシがよく効いていてこれまでの味噌汁の中で一番おいしい。具は大きく切った大根と豆腐と油揚げ。

湯気の立ちのぼる熱い味噌汁をフーフー吹いていると、〝熱い味噌汁のしあわせ〟をつくづく感じる。

お新香はどうやらすぐき漬けと他に何か混ぜたもののようだ。

わが定食屋巡りツアー一行は「サバ煮定食」と「おすすめ定食」をとったのだが、

「それと何か一品料理にビールを」と言おうとしてハッとなった。

店内はあっというまに満員になっていて、その全員が黙々とゴハンを食べている。

とても「ビール！」という雰囲気ではない。

しかもです、ふと気がつけば、店内のどこにも「ビール」の表示がない。

どころか一切の飲み物の表示がない。

このゴハン一筋の聖地で、「ビール」と叫ばないで本当によかった。

「今井食堂」の近くには立命館大学のグラウンドがあり、ヤクルトの古田監督兼選手もこの店に通ったらしく、色紙が一枚貼ってあった。

最後は「**大銀**」。

午後一時、定食の大型店「大銀」もまた満員の盛況だった。

「本日の日替り定食」は「鶏甘酢、大根煮物、焼き魚（むろあじ）」で680円。

ここは定食系のほかに、日本蕎麦屋のメニューもひととおりあるから、その数は店内の壁

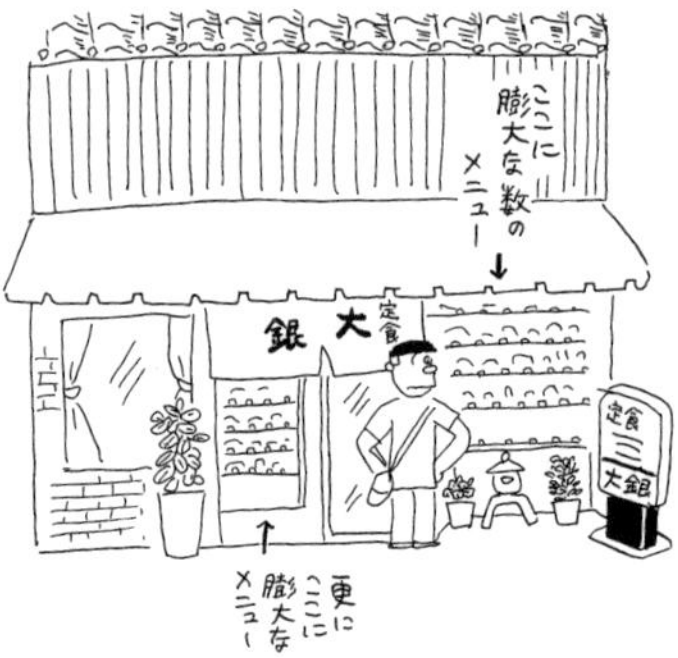


面を一回りしてもまだ足りず、至るところにメニューが貼ってある。

日替り定食のほかに「トンカツ定食　800円」「生姜焼定食　800円」「甘ず（酢）定食　700円」「スブタ定食　800円」などがあり、どうやら京都の定食界では甘酢系が幅を利かせているらしい（京極スタンドでは「ぶたポンズ」）。

そのほかにも「ちくわ天」「アジフライ」「納豆」「ほうれん草」「大根おろし」まであって、その品数は百を優に超える。

だから鬼に金棒が脇にひかえたぼくとしては気も狂わんばかりに迷いに迷う。

店の入口の横に、一列に九品、それが四段のサンプルケースがある。

それを一つずつ丹念に見ていって、うん、これとこれとこれだな、と決めて店の中に入って行くと、正面にまた同じ品数ぐらいのショーケースがあって、せっかく店の外で決めた組み合わせがおじゃんになる。

「日替り定食」と「生姜焼定食」と「納豆」と「アジフライ」と「サバ塩焼き」「スブタ（単品）」「肉天」「ナス煮」と、またしても「ちくわ天」をとってしまう。

ちくわ天も京都の定食屋の定番らしい。

東京の定食屋には大体ある「サバ味噌煮」には京都へ来てから一度もお目にかかっていない。

サバ味噌煮は京都では人気がないのか。

この店は銀閣寺が近いせいか、八ツ橋の袋を抱えた観光客も来るが、スーパーのビニール袋をさげた近所のおばさんも来る。

テーブルの上にお茶の入った魔法ビンがあっ

て〝定食屋の熱いお茶〟の伝統はここでも守られていた。

この店のゴハンも熱くておいしい。味噌汁も熱い。ここも白味噌ではなく具はワカメのみ。

関西で納豆は珍しいはずなのだが、ちゃんと小粒でネギはやはり青い。

今回の京都の定食屋巡りで発見したことは以下の五つだ。

最初に熱いお茶を出す。ゴハンと味噌汁が熱い。サバの味噌煮がない。ネギが青い。ちくわ天が多い。

大した発見じゃないな。

# 回転定食誕生す

ついに出ました、回転定食が！

グルチャンはこの日をいまか、いまかと待っていたのだ。

グルチャンというのは、グルグル界のチャンプのことだ。

グルグル界というのは、回転寿司、回転しゃぶしゃぶ、回転飲茶《ヤムチャ》などの回転業界のことだ。

グルチャンことわたくしは、これまでこれら回転寿司を始めとする回転ものをことごとく制覇してきたがゆえに、回転界の大御所、あるいはグルグル界のチャンプと呼ばれ、尊敬されてきたのであった。（ような気がする）

グルチャンはある日テレビを見ていた。そうしたら、回転寿司屋形式のベルトの上を、ああ、塩ジャケの切り身が回っているのだ。

おお、納豆が回っているのだ。キンピラゴボウがわるびれることなく堂々と流れていくのだ。

回転定食がこの世に誕生したのだ。

本来ならば、回転定食の誕生は、業界の大御所であるグルチャンにただちに報告されなければならないところであるが、その事実はなかった。

グルチャンは寂しい。グルチャンは業界から無視されているのであった。

大御所はただちに駆けつけることにした。

テレビによって、その店はJR浜松町の駅構内にあることがわかっていた。「うず潮」*というその店は、実は回転寿司の店なのであった。

回転寿司は、朝八時とか十時までの時間帯はまだ開店してない場合が多い。店を開いていたとしても、朝の八時から寿司を食べにくる人は少ないだろう。

そこで、この時間帯の活用を、「うず潮」の店主は考えついたのであった。その時間帯に、寿司ではなく定食ものを流そう。

店主の考えは当たった。

朝八時半。次から次へと、若いサラリーマン、年とったサラリーマンが店内に吸いこまれていく。

システムはどうなっているのか。

店の表にメニューが出ている。

五〇〇円――納豆、生卵
一〇〇〇円――冷や奴、しらすおろし、お新香
一五〇〇円――焼き魚、煮魚、卵焼き
定食屋の基本のゴハンと味噌汁は、焼き海苔が付いて三〇〇円とある。

とにかく入ってみよう。

ベルトの中にオバサンが一人。

ベルトの外にオバサンが二人。

オバサン三人は、いま入ってきたこの人が、グルグル界の大御所であることを知ら

ない。大御所は悲しい。

ベルトの中のオバサンが大きな電気釜から丼にゴハンをよそって黙って手渡してくれる。

ベルトの外のオバサンが、味噌汁と焼き海苔を黙って手渡してくれる。

ただちに「おかずは何にしようか」とベルトの上を見ることになる。

塩ジャケが流れてくる。納豆が流れてくる。キンピラゴボウが流れてくる。ホーレン草おひたしが流れてくる。

グルチャンは思わず涙ぐむのであった。こんな地味な連中が、こうして栄光のベルトの上で堂々のパレードをやってのけている。辛抱した甲斐があったのだ。
なんだか身内の者が、ようやく晴れの舞台に登場したような晴れがましい気がしてグルチャンはとても嬉しい。
まだここには登場してないが、同じ地味仲間で、〝日本三大地味おかず〟といわれている、ヒジキ、おから、切り干し大根も、いずれこの栄光のベルトに登場できるよう、大御所として業界に働きかけていきたい。

梅干しなんかも登場させてやりたい。梅干しだってきっとベルトに乗りたがっているにちがいないのだ。

大御所はまず納豆とホーレン草おひたしを取った。塩ジャケも取った。

塩ジャケはとても小さくて、腹側の部分だけとか、背中のほうだけとか、うんと薄いが両側具有とかが回ってくるので、自分の好きなタイプが来るまでじっと待っていなければならない。

ゴハンはとても熱くてそれなりにおいしい。味噌汁は豆腐とワカメだが、ちゃんとダシを取ってあってそこそこにおいしい。

やがてはビン詰めのボトルキープなんかもできるといいな
木村
えのき茸
井上
桃屋
海苔佃
山田
いか塩から

ふつうの定食屋だと、最初にシャケと納豆とホーレン草を取ったら、あとは大人しくそれらをやりくりして食事を進行させていくのだが、回転形式だとせっかく大人しく食べているのに目の前におかずが次から次へやってきて誘惑する。

納豆でゴハンをかっこみつつ、目はベルトの上を追うことになる。

表のメニューになかったポテトサラダとか厚揚げ煮、春雨中華風なんかも目の前にやってきて誘惑する。ついポテサラに手が出る。

ゴハンをかっこみつつ、常に目は忙しく回ってくるおかずを追っている。

なんだか目まぐるしいような、はしたないような、あさましいような食事スタイルなのだが、しかし、いまここに、まったく新しく発生した食事形式なのだからこれも仕方あるまい。

そのうち、「回転食事のエチケット」などというものも確立されてくるにちがいない。

回転定食の次は、回転居酒屋を大御所は熱望する。

＊現在は閉店。

# いまどきの社員食堂

ぼくらのような商売の者は、社員食堂にあこがれがある。
第一に、なんだか楽しそうだ。
なにしろ周りは知っている人ばかりだ。
気が休まるし心もなごむ。
知っている者同士、談論風発、和気あいあい、会話もはずむし食事もはずむ。
街中の食堂やレストランでは、こうはいかない。
見回しても知らない人ばかりだ。
ぼくらのような商売の者は、昼食はいつも一人だ。
知らない人の中で、一人で食べる。
談論不発、和気ないない、である。

社員食堂の第二の魅力は、値段が安いことである。
常識では考えられないくらい安い。
これがなんともうらやましい。
ねたましくさえある。
くやしくもあるし、どうもなんだか〝ズルイ〟という気もする。
社員食堂が安いのは、その費用の何割かを会社が負担してくれるからである。
街中の食堂やレストランでは、こういうことはありえない。
「おたくがいま食べてるそのカツ丼の値段の三割、わたしが持ちましょう」
と言ってくれる人はまずいない。
もしそういう人がいたら、どんなに嬉しいことだろう。
そういう人をいつも伴って食事に行き、いつも三割持ってもらう。
これはまったく、こたえられないことだ。
社員食堂というところは、実はそういうところなのだ。
実際にそういう人を伴って食事に行くようなものだ。
ぼくらがあこがれるのも当然ではないか。
ぼくらといえども、たまに、そういうあこがれの社員食堂で食事をすることはある。

仕事とか取材などで、出かけた先で「社員食堂で食べてもいいよ」と言われたときである。

社員食堂は、特別の食券や社員証などで支払うシステムが多いから、そういうものを持たないぼくは当然おごってもらうことになる。

自分では払わないのに、値段が安いことが嬉しくてたまらない。

「エ？　カツ丼が400円⁉」

「オッ？　ラーメンが230円⁉」

「ナニ？　ビーフカレーが320円⁉」

と、一つ一つに驚き、なんだかおとぎ話の世界にいるような気がして嬉しくてたまらない。

自分で払わないのに嬉しくてたまらない。

だからいつも、「ウチの社員食堂で食べてもいいよ」という話を心待ちにしている。

そういう話があったら、なにをさしおいても駆けつける。

こういうのを〝接待〟というのかどうか知らないが、ほかのどんな場所の接待より、社員食堂の接待が一番嬉しい。

今回は天下の鹿島建設からそういう話があった。

鹿島建設の社員食堂は新築であった。

トイレもまた新築であった。

廊下も屋上も新築であった。

なぜかというと、早い話がビル全体が新築だったからである。

社員食堂というものは、たいてい最上階とか地下などにあるものだが、ここのそれはビルの一階にあった。

一階にあって前面が庭園で、緑の芝生が見えて樹木が見えて花が見える。

そこのところに五月の陽ざしがサンサンとあたっている。

陽のあたっている庭を見ながらの食事は、食事の雰囲気としては最上のものといえる。

それだけでももう十分なのに、値段が安い。

ちょっと書きうつしてみましょう。

カツ丼350円、チキンライス360円、ラーメン210円（安いなあ）、スパゲティナポリタン310円（いいなあ）、ハヤシライス310円（うらやましいなあ）、ビーフカレーコロッケ100円（ズルイなあ）、牛肉天麩羅ラーメン310円（食いたいなあ）。

ひと昔前の社員食堂のイメージといえば、「安いがまずい」もしくは「まずいが安い」のどちらかだった。

もう一つつけ加えると「汚い」というものもあった。

最近の社員食堂には、こういうイメージはまったくない。

ここの社員食堂の入り口は、ホテルのパーラー、もしくはグリルといったイメージがある。

そして床にはジュウタンが敷かれている。

驚いたことに、このビル全体の床に、ジュウタンが敷かれているのである。

廊下もオフィスもエレベーターもロビーも、全部ジュウタン敷き。

さすがにトイレにはジュウタンは敷かれてないと思いきや、トイレにもきちんとジュウタンが敷いてある。

それも便器ギリギリのところまでジュウタンなのである。

「ああ、日本のオフィス事情はここまできたのか」

と、ぼくは刮目《かつもく》して瞠目《どうもく》して瞑目《めいもく》した。

話がそれてしまったが、ジュウタン敷きの床の上にはまっ白なテーブル、椅子はパイプに背もたれがネットというしゃれたつくり。

入り口を入ったところのカウンターに、皿に取りわけた料理がズラリと並んでいて、それをトレイに取っていくというバイキング方式である。
麺コーナー、サラダコーナー、寿司コーナーの上には、Noodle Salad Bar などのカラーネオンがともっている。
社員食堂というより、南青山とか西麻布あたりのカフェテリアといった雰囲気である。
ぼくはとりあえず、まっ白なトレイの上にまずエビフライ460円を取った（フライ二本、ポテトサラダつき）。

それからアサリ入りスクランブルエッグ150円、ライス80円、味噌汁30円、漬物30円を取った。

トレイの上はまだ十分スキマがあったが、これで打ちどめにした。

本当は、あと、マグロ寿司（二個一皿）150円、厚焼きタマゴ80円、しらすおろし80円なども取りたかったのだが、体面および世間体といった考えがそれを押しとどめた。

周りを見回してみると、カレーと厚揚げ煮、スパゲティといなり寿司、ラーメンとハムサラダ、といったような妙な取りあわせで食べている人も多い。

若い人たちの嗜好は、かなり変わってきているようだ。

ここの食堂は業者委託で、45％を会社が負担しているという。

ゴハンは熱くおいしく、味噌汁には豆腐と油揚げが惜し気もなく入っている。

「こういうところで毎日食べたい」

食べ終えてつくづくそう思った。

750円
つけもの
ミソシル
アサリ
スクランブル
ライス
エビ
フライ

# いま、学食は？

青春と食欲は、切っても切れない関係にある。青春とは、とにかく腹が減るものなのだ。

だから、青春の思い出は、食べ物とつながっている部分も多い。

思い出の食堂、思い出の喫茶店、思い出のラーメン屋……と続いて、懐かしくも、いくぶん恨《うら》めしくも思い出されるのが学生食堂である。

略して学食。

高校時代の〝食の象徴〟が弁当ならば、大学時代のそれは学食ということになろうか。

学食は、懐かしいと同時に、なんだか近親憎悪的な部分もあって、一口に語りきれないところがある。

あのころは、学食は地下、と相場が決まっていた。社員食堂なんかもそうだったような気がする。〝メシなんか食うところは、そういう場所で十分〟という風潮が世間にあったんですね。

むき出しの配管、はり紙のあとの残る汚い壁、無愛想でつっけんどんな白衣のおばちゃんたち。

学食にはそういうイメージがあった。

安い、まずい、汚い、暗い、そういうイメージがあった。

そういうマイナスのイメージを、ふり払ってあまりあるのがボリュームだった。

トンカツでも魚のフライでも、ハンバーグでもコロッケでも、ギョウザでも、とにかく、厚く、大きく、広く、長く、重くさえあればよかった。

こってり、みっちり、どっさり、たっぷりが尊重された。

白いゴハンよりチャーハンを、味噌汁よりも豚汁を好んだ。

なによりも、小さく、薄く、軽く、短いものを嫌った。

学食は、そっちのほうの要求にだけは十分応えてくれていた。

トンカツ、コロッケ、フライ、カレー、チャーハン、豚汁、ラーメンと、考えてみればあのころの学食の食事は、全体が茶色一色に染まっていたのだった。

「コープ・カフェテリア」と
いう雰囲気に合わ
ない場ちがいな学生
も、けっこう多くて、
やはり「伝統の力」とは
おそろしいものだと
つくづく思いました。

そして、全体が、脂にまみれていたのだった。

青春とは脂だったのだ。

実に単純なことだったのだ。

と、これはいまから三十年も前の話。

いまの学食はどうなっているのか。

これがもう、すっかり変わってしまっているのですね。まず、地下から浮上して、階上に昇ってきた。

たとえば、こんど早稲田に新しくできた学食は、地上二階と三階。

しかも、二階から三階まで天井吹き抜け。

周囲は扇形の総ガラス張りだから、その明るさは申し分ない。

そのガラスを通して、大隈庭園の新緑がまぶしいほどに輝いて見える。

室内には観葉植物、壁面には色とりどりの絵画。床はカーペット。テーブルは四人掛けで椅子もどっしりとしたウッド調。

しかもです、白衣のおばちゃんたちの愛想がいい。

これがくやしい。

さらに、ああ、なんということか。

ホールに流れるピアノの調べをたどっていくと、グランドピアノがでんと置かれてあって、そいつが誰の助けも借りずに、自力で鍵盤を動かして自動演奏をしているのであった。

三階のほうのメニューを見てみよう。

入り口を入ってすぐのところが「GRILL」コーナーで、牛サーロインステーキ、網焼きハンバーグ、ラムレッグステーキ、温野菜、コンソメスープ、フランスパンなどのメニューが見える。

薄暗くて低い天井の地下室で、おばちゃんたちにつっけんどんにされながら、カツ丼やギョウザや豚汁などの茶色い学食を食べていたオレたちの青春はなんだったのか。

エ？　なんだって？

牛サーロインステーキにコンソメスープだって？　わざわざサーロインなんてつけなくていいっ。牛ステーキでいいっ。

値段のところを見て、いくぶんホッとする。牛サーロインステーキが８００円で、コンソメスープが50円だからだ。

「ＰＡＳＴＡ」のコーナーには、ベーコンロッソ、ベーコンビアンコ、ペンネベジタブルビーフ、などなど。

その他「ＳＡＬＡＤ・ＢＡＲ」「ＣＨＩＮＥＳＥ」「ＳＵＳＨＩ」「ＤＲＩＮＫ」などのコーナーもあり、「ＳＵＳＨＩ」コーナーには、にぎり寿司５４０円、鉄火丼６１０円、ねぎとろ丼４９０円などのメニューが見える。

「ＤＲＩＮＫ」のコーナーには、オレンジキャロット、アップルティソーダ、抹茶ブレイク、ヨーグルトソーダなどがある（いずれも80円～１００円）。
「ＣＨＩＮＥＳＥ」のコーナーには、炒飯、五目うま煮、春巻、麻婆麺などに混ざって、魚翅《ふかひれ》餃子、魚翅麺などの文字も見える。
「学生がフカヒレなんか食っていいのかっ」と思わず目をむいたが、値段のところの１８０円、３９０円という数字を見て、むけかかった目は少しひっこんだ。
それにしても、あまりの様変わりに、なんだかぐったりしてしまって疲労さえ覚えた。ここは一体どこなのだ。

学食という、あのイメージはどこへ行ったのだ。ここの名前は、「コープ・カフェテリア」という。

学食のくせしてなーにがコープだ、なにがカフェテリアだ、こうなったら牛サーロインステーキ食ってやる、と、急にへんてこな理論構成になって、ステーキを注文する。ここのステーキは、注文してから焼くのだ。生意気ではないか。

ウロウロしている学生を誘導するおばちゃん

このステーキはちゃんとしたステーキで、網の目の焼きあとさえついている。あくまでも生意気なのである。

肉もやわらかくておいしい。

昼どきは、ホールは超満員になる。

料理をのせたトレイを持って、ウロウロする学生も増える。

すると、銀行の案内係のようなおばさんがいて、あいている席を見つけてはそこへ誘導していってすわらせたりしている。

二人組がウロウロしていると、「ここ二つあいてるの？　この二人すわらせてやって」というような役目のおばさんなのである。

つまり〝過保護係〟のおばさんなのです。

学生のほうも、そういうおばさんの助けを借りないと、自力では席にもつけないようなのだ。

「学生がそんなことでいいのかっ」と、おじさんとしては苦言を申しあげたい。

そんなことで、これから世の中に出ていって、ちゃんとやっていけるのか。

ピアノだって、誰の助けも借りずに、自力で演奏しているではないか。

# 新宿西口飲食街の夕食

新宿に二日続けて用事があって、二日続けて西口の飲食街で夕食をとってしまった。

「しまった」という言い方はよくないかもしれないが、とにかくそういうことになってしまった。

西口のあの一帯を、正式になんて言うのか知らないが、

「ホラ、新宿の西口の、飲み屋なんかがズラーッと並んでるとこ」

と人に言うと、誰もが、うん、うん、あそこね、とうなずいてくれる。

誰もが知ってはいるのだが、実際にあそこで飲食をしたことがあるという人はきわめて少ない。しかし、気になる存在らしく、

「いっぺん、あそこ行ってみたい」

と言う人は多い。

ぼくが行ったときも、女の子の二人づれが、この通りを通り抜けながら、

「あたし、こういう店にいっぺん入ってみたいの。こんどタッちゃんにつれてきてもらお」

と言っているのを耳にしている。

そういう、人もうらやむところへ二日続けて通ったのである。

これはもう、〝銀座のクラブに二日続けて通った〟のと同じくらいの、誇らしい行為と言えるのではないだろうか。

この一帯には、飲むほうを主体とする飲み屋と、食事を主体とする定食屋の二種類の店が軒をつらねている。

不思議に、定食屋で食事をする人は酒を飲まない。ビールさえ飲まない。

ここの定食屋のいい点はたくさんある。

まず、手っとり早い。

新宿で、手っとり早く、わずらわしくなく食事を済ませたいときは、ここに限る。

ふつうのレストランなんかだと、まずウエートレスがメニューを持ってくる。

そのメニューの文字を読んで、その文字から現物を想起して、それから注文をする。

カレーライスなら想起は容易だが、「ホタテ貝のポワレ、オーベルニュ風」ということになると、想起は困難を極める。

店の前に、食品サンプルが並んでいる店だと、まずサンプルを見て、おおよその見当をつけ、店内でまたメニューを見るという二段がまえになる。

ところが、ここ西口の定食屋は、どの店もカウンター式になっていて（テーブルなし）、おかずはカウンターの上のガラスケースにすべて並べられている。

サンマ塩焼きもサバ味噌煮もポテトサラダも上新香も、みんな現物が目の前に並べられてある。それを見て、「これとこれ」と指さすと、間髪を入れず「それとそれ」が目の前に突き出され、続いてライスと味噌汁が突き出される。

手っとり早いことこの上ない。

想起の部分が省略できる。

食品サンプルの出ている店では、サンプルを見てから、そのあと現物にお目にかか

食事中
ずっと手をつけず
最後に味噌汁を
一気に飲んだ青年

るわけだが、ここではいきなり現物である。現物がサンプルを兼ねている。

　また、そういう店では、サンプルの大きさと、実物の違いで心理的な葛藤を味わったりすることがあるが、ここではそれもない。

　なにしろ現物が目の前にあって、「これ」と言えば「これ」以外の何物でもないわけで、「これ」と言えば「これ」なのだ。「これ」じゃないものは存在しないのだから、「これ」すなわち「これ」なのだ。ホウレン草と油揚げを炒《いた》めたらしいものが並べられていて、なんという名称の料理かわからなくても、「これ」と指させばそれで通じる。

　しかもここでは、関係者一同が一堂に会している。しかも面と向かいあっている。十二、三人すわれるカウンターが取り囲んだ中が調理場で、そこに調理人がいる。しかも調理人はサービス係も兼ねていて、その当人に向かって、現物を指さして「これ」と注文し、その「当人」が「現物」を取り出して、もう一人の「当人」たる客に

「じかに」手渡すのであるから、このどこに誤解の生じるスキがあるというのだ。

ここにはメニューはなく、品名と値段は壁に掲示されている。

その種類たるや膨大なもので、日本の伝統的家庭料理のすべてが網羅されている、と言っても過言ではない。

煮魚、焼き魚はもちろん、切り干し大根、里芋煮っころがし、キンピラ、厚揚げ煮、納豆、大根とイカの煮つけ、チクワ天、タラコ、おひたし、しらすおろし、コロッケ、イカ塩から、トンカツ、ヒジキ……、当世風のキッチンから消え失せたものが、ここでは当然のように幅をきかせている。「大根おろし50円」というのもあるし「梅干し一ケ30円」というのもある。

日本の定食屋の伝統を、かたくなに守っている一帯なのだ。シーフードサラダとか、ピラフとか、グラタンとかドリアとかピザとかいったような、当世風トレンディー、ニューウエーブものは一切ない。

二日通った最初の日は、サバ味噌煮３００円、ポテトサラダ２００円、ライス１４０円、豚汁３００円をとった。

ライスに関しては様々な問題があったが、サバ味噌煮は切り身も大きく、味も定食として申し分のない出来であった。

豚汁には、予想以上の肉が入っていた。ただ、肉に統一性がないのが少し惜しまれた。ふつう豚汁の肉は、三枚肉なら三枚肉、コマ切れならコマ切れ、というように、肉質、切り方に統一性があるものだが、ここの豚汁には実に様々な様態の肉が入っていた。

この一帯には五軒の定食屋があるが、そのどこの店にも伝票はない。

食べ終えて「いくら」と訊くと、コック兼サービス係兼会計係のおじさんが、食べ終えた皿の表面をじっとにらむ。

「サバ」と注文したら
煮タカ？焼イタカ？
と訊いた
ここで働くアジア青年
コワイ

皿の上のわずかな残留物（骨など）、あるいはわずかに付着したシル、あるいは糸（納豆など）を判断の資料として、たちまち一枚の伝票を頭の中に書きあげるのである。

そのとき、かたわらにいた洗い場兼会計補佐のおばさんが、「アラ、おひたしもとったんじゃないの」という助言をし、改めて１００円が追加されることもある。

二日目は別の店で、カキフライ２５０円、キムチ１００円、ホウレン草おひたし１００円、ライス２００円、味噌汁50円をとった。

この店は、初日の店よりずっと安い。

そのかわり、量が少ない。

この一帯の定食屋には、女の客はただの一人もいない。友人とつれ立ってくる客もいない。みんな一人だ。

一人で来てモクモクと食べる。他の定食屋でよく見かける、スポーツ新聞を読みながら、という客もいない。

そして食べるのが速い。ガツガツというのではなく、迅速、という感じで食べ物を体内にとり入れていく。

団らん、語らい、憩いの夕食もいいが、たまにはこういう孤食もわるくない。

# わが青春の大久保

大学の三年頃からその後四年ほど、ぼくは新宿の大久保に下宿をしていた。

三年頃と書いたのにはワケがある。

普通の学生生活を送った人は、一年生、二年生の区切りがはっきりしている。

ところがぼくは、一年のときから語学関係の「不可」を大量に確保していたので、そっちのほうは一年生、二年生を何回も繰り返していた。だから、

「自分は一体いま何年生なのか」

ということが、いつもはっきりしなかった。

履修課程の、ある部分は一年生であり、ある部分は二年生であり、ある部分は三年生というふうに、一つの体の中に一年と二年と三年が入り混じっていたのである。

そうして、三年生頃になって、ようやく将来の確固とした見通しが立ってきたのだ。

それは、今後、どうあっても卒業は不可能であろうという見通しであった。

見通し、というと、人はとかく明るいほうを考えがちだが、世の中には明るくないほうの見通しというものもあるものなのだな、と、ぼくはつくづく考えながら暗い目をして卒業に関する見通しをつけたのだった。

卒業不可能、という明るい、じゃなかった、暗い見通しがついて、これはどうにかしなければならぬ、ということになって考えついたのが下宿であった。

「卒業が不可能だと、どうして下宿しなければならないのか」

と、人はいうにちがいない。

童話作家でニセ札犯の武井遵《じゅん》は、その動機を説明するには四十枚ほどの原稿用紙が必要だと言ったそうだが、ぼくも下宿の動機を説明するには四十一枚ほどの原稿用紙を必要とするので、それは別の機会にゆずりたいと思う。

とにかくにも、三年生の終り頃、ぼくは下宿を敢行した。

「下宿」という言葉から、人はまず何を連想するだろうか。

そう！　「貧乏」である。

下宿から「富裕」を連想する人はまずいないにちがいない。

ぼくの下宿生活も、全篇隈なく貧乏に彩られていた。

その昔、総天然色映画、という言葉があったが、まさに総天然貧乏生活そのものだった。

当時の下宿の部屋代は、一畳千円が相場だった。一畳千円、権敷一つずつ、が常識だった。

なのに、「権敷なし、南向き、六畳四千五百円、駅から二分」という夢のような部屋があったのである。

行ってみると六畳の和室には床の間さえついている。陽こそ当たらないが、まちがいなく南向きで、小さいながらも庭つき、ぬれ縁つきであった。

ぼくは迷わずこの部屋を借りることにした。

場所はJRの大久保駅から、歩いてまちがいなく二分だった。

当時なぜこのような「再度得難早勝優良物件」が、ぼくが見つけるまで残っていたかというと、それには深いワケがあったのである。

この下宿屋は、普通の家を、下宿屋風に少し改造したという造りで、いわゆる素人下宿だった。住人は学生に限る、というのが家主の方針なのである。

ところが、大久保駅の周辺は、すでに当時から、知らない人はないというぐらいの、連れこみ旅館（今でいうラブホテル）の聖地だった。

駅のホームに立つと、見渡すかぎり温泉マークという一帯である。

わが下宿は、駅から二分ではあったが、その二分の間に、四軒の旅館が並んでいた。これは勉学を目指そうとする学生にとって、決して「環秀」とはいえない環境である。

「少々難有」どころか、「至極難有」の物件といえる。

「至極難有」に、更にとどめを刺すように、隣家がソープランドであった。ぬれ縁と庭の向こうがソープランドで、そこから夜な夜な客と女たちの嬌声が聞こえてくるのである。

逆にいうと、これだけの「難有」の物件は、探そうと思ってもなかなか見つからない物件ということもできる。

学生に限る、という家主の条件と、学生には最も不適な環境、という矛盾を埋めるために、破格の家賃が案出されたというわけなのである。

大久保駅にすぐ近い新大久保駅の隣が高田馬場駅で、

「ここは学校が近くていいですよね」

と家主が慰めるように言ってくれたが、すでにぼくは、それはどうでもいいことになっていた。

この下宿は、ほんの形ばかりの共同の台所と、洗濯場と、トイレがついていた。洗濯場は野ざらしで、むろん洗濯機などはなく、代わりにギザギザのついた洗濯板が一枚置いてあるだけだった。

六畳の押し入れには、あらゆる生活用品が押しこまれていた。布団、鍋釜、まな板、包丁。靴の横に醤油のビン、味噌、砂糖、ホウキにチリトリ。床の間でキャベツを刻んで料理の下ごしらえをしたこともある。

下宿をして何をしていたかというと、何もしていなかった。

今考えても不思議なのだが、ほんとーに何もしていなかった。

本を読むでもなく、バイトをするでもなく、漫画の修業をするでもなく、むろん学校に行くわけでもなかった。

ただひたすら、朝から晩までボーッとしていたのである。

ボーッとしている合い間をみては、食事をしたり銭湯に行ったりしていた。

ボーッとしていることを、主たる業務として毎日を過していたのである。

食事は、お金の余裕のあるときは外食、いよいよ金につまってくると、お米を一キロ買ってきて電気釜で炊いて自炊をした。

おかずは鯨の缶詰か、豚コマとモヤシの野菜炒め風か、どちらかだった。

ぼくの隣の下宿人は、常にぼくより経済的に余裕があって、いつもフライパンでウインナソーセージを炒めていた。

ウインナは豚コマより一ランク上で、ぼくはいつも羨ましくそれを眺めていた。

お金の余裕があるときの外食、というのは、定食食堂で食事をすることである。

しかも、その定食食堂で一番ランクの低い「ソーセージ定食」ばかり食べていた。

これは、当時一本三十円だった㋩などの魚肉ソーセージの半分を、ただ輪切りにしただけで、(火を通してない) その上にマヨネーズがかかっていた。

これにライスと味噌汁がついて四十五円だった。ラーメンが五十円の時代だったから、ラーメン以下の定食だったことになる。

もう少しお金に余裕があるときの外食は、「燕京亭のニラレバ炒め」だった。

当時は、これがぼくの最大の御馳走だった。

まずボリュームがあった。大きな中華皿一杯に山盛りになっていた。レバーが豊富だった。野菜も豊富だった。ニラとレバーとモヤシの他に、竹の子や人参もたくさん入っていた。ゴハンが山盛りだった。味噌汁のワカメも豊富だった。タクアンの切り方が厚かった。お茶も熱かった。

なにしろ今から二十五年も前のことなので、多少美化されているのかもしれないが、そのぐらいの好印象を今でも「燕京亭のニラレバ炒め」に持っているのである。

行きつけの定食屋（こっちは名前を忘れた）や、燕京亭の一帯には、むろん、レストランや寿司屋や鰻屋も軒を並べていた。

これらに対しては、ぼくは今でも好印象を持っていない。今でも憎んでさえいる。

お酒は飲みたかったが、滅多に飲めなかった。たまに飲むときは、ガード下の縄ノレンだった。

当時は合成酒というのがあった。合成ビールもあった。合成ビールはライナービヤーという名前で二合ビングらいのものが八十円だった。

合成酒や合成ビールは、とても豪勢とはいえない代物で、本物よりもはるかに格が下だった。

おつまみは、シオカラ、イカゲソ、イカ煮などのイカ関係が多かった。いずれも三十円だった。


この五月の連休に、ボンヤリと仕事場のベランダで煙草をすっていて、ふとそのころのことを思い出した。

あの一帯はどうなっただろうか。

かれこれ五、六年前、大久保駅の近くにナマズを食べさせる店があって、そこへ行ったついでに「駅から二分、旅館四軒」の通りを通ったことがある。

そのときは、わが下宿は健在だった。

二十年前と少しも変わらず、ひっそりと古びて建っていた。

そのあと、どうなっただろう。

あの辺一帯は、地上げ屋の攻勢が激しくなっていると伝え聞く。

そのときは、夜だったせいもあって、定食屋や燕京亭は確認していない。

ぼくはタバコを消して立ちあがった。

人生も半ばを過ぎると、誰しも青春を過した街を再訪したくなるものらしい。

しかしそれは、叶わぬことのほうが多いようだ。

その場所が遠かったりすれば、ただそのことのためだけに時間を作るのは容易でないし、費用だってかかる。

しかし大久保は近い。

いま煙草をすっている西荻窪の駅から六つめ、旅費も二百円である。

ぼくはまずプランを練った。

大久保駅到着↓大久保駅付近一帯観光（徒歩）↓下宿前到着、見学↓燕京亭でお食事（ニラレバ炒め、ほか）↓帰途。

以上のような綿密なプランができあがった。

内容的には、「ヨーロッパツアー二週間」などというプランと似ているところもある。
○月○日、夕、パリ到着↓市内観光↓凱旋門見学↓ツール・ダルジャンでお食事（鴨ロースト、オレンジソース、ほか）↓帰途。
といったプランと、ほぼ似ている。

ただ、鴨ロースト、オレンジソースのところが、ニラレバ炒め、となっているところが、うんと違うといえば違うといえるかもしれない。

午後一時半、大久保駅到着。ただちに市内観光。

町の様相は一変して、高いビルが林立している。当時はなかった、マクドナルド、ケンタッキー、つぼ八、村さ来、回転ずし、などの外食産業の店がやたらに目につく。

近くに駿台予備校の分校ができて、予備校生が町にあふれている。

殆どの店が建て替えて大きなビルになっているなかで、当時お米を一キロ買いしたお米屋さんは、そのままの店舗で健闘している。ヨカッタ。メザシをよく買った魚屋さんは、大きなビルになったものの、ビルの一階の片隅でやはり健闘している。少しヨカッタ。

白黒のテレビを月払いで買った「家具・電気・洋服・寝具の㋜デパート」は、まったく変わらぬ四階建てで、拡張も増築も改装もなく、二十五年間、何の進歩も前進もなかったらしい。ま、これはこれでヨカッタ。

ソーセージ定食の定食屋の一帯は、殆どが新しいビルになって、どこに何があったかわからなくなっている。

建てかえてない定食屋が一軒だけあったが、これがあの定食屋なのかどうかも定か

でない。中へ入っても、むろんメニューの中にソーセージ定食はないだろう。

駅のすぐ前の果物屋の横の路地を入る。

この路地が、わが下宿へ至る二分の道である。

なんだか胸がドキドキする。

四軒あった旅館のうち、二軒だけが営業していて、一軒は地上げ屋の攻勢にあったのか目下休業中、もう一軒は跡かたもなくなって目下更地になっている。

これらの旅館は、二十五年前、酔って帰るときは必ず一軒、一軒、玄関の戸をたたいて逃げた旅館である。

なぜそのような行為をしたかというと、一種の義憤であったというよりほかはない。

こうした旅館は、正規の男女は利用しない。

必ず邪悪な関係の、性悪《しょうわる》の男女が利用するところだ。そういう認識が当時のぼくにはあった。不正は糾弾されねばならない。

その糾弾の手段が「玄関ドンドンドン」なのであった。

ただし、この行為がどれほどの効果をもたらしたかは、いまだにはっきりしない。

それらの旅館の先に、わが下宿は健在であった。

木造羽目板の部分と、モルタル塗りの部分がチグハグな感じを与える戦前からの古い家で、周りのブロック塀も、小さな庭の樹木もそのままだった。

玄関の木戸が鉄扉に変わった以外は、二十五年前と全く同じである。

ぼくはこの下宿で、下宿内引越しを二度している。

最初に住んだ一階の奥の部屋はよく見えなかったが、二階の端の、ウン、あの部屋、そしてその奥の、ウン、あの四畳半、そうそう、襖をドア式に開けて入ったっけ、その左側が押し入れで、そうだ、北側に窓があって、そこからのぞくと隣が鉄工場の寮だった……。

その鉄工場も跡かたもなくなって、ちょうどブルドーザーが整地をしているところだった。

あんまり立ち止まって家の中をジロジロ見ているのも何ではないか、と思い、

「ま、とにかくあったんだからよかった」

ということにしてその場を立ち去ることにした。

手前隣にあったソープランドは、白いタイル張りの真新しいビラ・ナントカという

三階建てのマンションになり、健康そうな洗濯物が各ベランダにひるがえっていた。

燕京亭はなかった。

いや、なかったが、あった。

話をややこしくしてはいけないが、まさに、なかったが、あったのである。

名前が変わっていたのだ。

外から見ると、見覚えのある燕京亭なのだが名前が百人亭となっている。

この一帯も殆ど建て替えられているのに、この店は昔そのままだった。

店頭に置かれたメニューには、当時はやってなかった天丼、カツ丼などの文字が見える。野菜炒めは書いてあるが、ニラレバ炒めの文字はない。

もしかしたらこの店ではないのかもしれないし、もしそうだとしても店の名が変わっているくらいだから経営者も変わっているのかもしれない。

「ま、いいや。『燕京亭でニラレバ炒め』の予定だったが、『百人亭で野菜炒め』でガマンしよう」

と思って中へ入った。

中の造りは、まさに燕京亭だった。

奥にうんと長いカウンター、突きあたって左に大きなスペースがあってここにテーブルが四つ。その上にテレビ。いずれも見覚えがある。

カウンターの高さ、余裕のある調理場、二つある換気扇の位置、入口のところにあるレジ、レジのうしろにある鏡、これも間違いがない。

カウンター越しにぼくの目の前にいる名古屋章に似たおじさんも、見覚えがあるような気がする。

店の中のメニューには、ニラレバ炒めがちゃんとあった。

いよいよ間違いない。

迷わずニラレバ炒めとライスを注文する。

皿に山盛りのニラレバ炒めが、目の前に置かれた。

このボリュームに見覚えがある。

竹の子、人参も入っている。ニラとモヤシとレバーの比率も、ちょうどこんな具合だった。

うん、そうそう、このようにニラとレバーとモヤシの間から、ニンニクの薄切りがときどき顔を出したのだった。

そうそう、これこれ、このニンニク、懐しいなあ。

「それにこの薄味。醤油をかけ回してちょうどゴハンに合うこの塩加減」

二十五年前と同じカウンターにすわり、二十五年前と同じように醤油さしに手を出し、山盛りのニラレバ炒めの上に醤油をかけ回す。

ニラレバ炒めには、ほんの少し片栗粉のトロミがついている。

このへんの記憶はない。

当時もトロミはついていたのかもしれないが、あのころはトロミとかの知識もないし、それより「ニラレバ炒めだ！」というだけで、ただもうひたすら感激して興奮して食べていたから気づくはずもなかったのかもしれない。

百人亭のニラレバ炒めは、二十五年前と同じようにおいしかったが、ニラの歯にはさまるはさまり方の激しさに、二十五年の歳月をつくづくと感じさせるものがあった。

# ［解説］

ツレヅレハナコ

飲み食いについての文章が好きな人で、「丸かじり」シリーズをはじめとする東海林さだおさんのエッセイに触れたことがない人はいないのではないか。そう思うほどに、ショージ君（敬愛をこめて、以下こう呼ばせていただく）の食エッセイは人生のさまざまなシーンで現れる。

なんの気なしに開いた新聞や週刊誌のコラム、親戚のおじさんが持っている文庫、中学校の図書室、ラーメン屋やカレー屋のカウンター、銭湯の待合室の本棚……。特に文庫は、どれもカバーが汚れていたり、折れ曲がっていたり。何度も手に取られたのだろうなと想像できるほど、いい味わいが出ているのが特徴だ。

私はもともと料理雑誌の編集者で、今は飲み食いに関する文章を書いたり、料理レシピ本を手がけたりしている身。もちろん長年、ショージ君のエッセイのファンで、「文庫を何度も手に取った」人間のひとりである。今回、そんな文庫の解説という夢のようなご指名を受け、気合いを入れて新刊を開いた。でも、読み始めるとすぐに、「カレー屋のカウンターで、カレーが来ても片手で食べながらニヤニヤとページをめくり続ける」ような、ただの一読者になってしまう。
だって、ずるいのだ。短いエッセイが一篇終わったと思ったら、すぐ次のページにおいしそうかつ、おもしろそうな一篇が手招きしている。「ここまで読んだら小休止しよう」と思っていたのに、「〝ふとうかぶ　かき揚げ丼の後悔〟ってなによ?」と気になるイラストカットも相まってぐいぐい読み進ませる。きっとその感覚は、どの読者も体験済みだろう。

「食べる」という誰もが毎日おこなう行為に、どれほどのドラマが隠されているのか。ショージ君の文章を読んでいると、「わかる、わかる」とうなずきつつ、それを見つけて文章化する熟練の技にも改めて感服する。きっと、ショージ君に見える食の光景は、一般の人とは解像度が全く違うのだ。徹底的に観察し、分析して、面白がり、変換されている。

例えば、ショージ君と言えば独特の擬音使い。コロッケひとつの表現にしても、「ソースを〈ビタビタ〉にかけ、箸で〈ジャキジャキ〉と突き崩して食べる」とある。コロッケに使われる擬音と言えば、「サクサク」「ねっとり」など食感を表現するものが一般的。でも、ショージ君が擬音で表現するのは、まさかのソースのかけ方や箸の入れ方。見えているもの、気にするところが全然違う。単にコロッケの話でもやたらと印象に残るのは、そんなところも要因のひとつに違いない。

本書の「食堂」というテーマにしても、その手は全く緩まない。「定食屋評論家」になったとして近所の定食屋（仮名）を批評する回では、店の主人のことを「シェフ」と呼び、納豆のねぎの切り方に「いい仕事がしていない」と高級店のように評する。少なくとも5日間は煮返しされすぎたサバの味噌煮は、「魚肉の繊維はすべて破壊しつくされ、まるでテリーヌのような舌ざわりである。（略）（充分な仕事がしてある）わたしは感服した」。定食屋に行ったことを書いてあるだけなのに、ショージ君にかかればこの通り。すごいなあ。なんで、こんなこと思いつくのだ。もう、読みながらもクスクス笑いが止まらない。

また、無類の酒好きな私にとっての定食屋は、「おかずをつまみに酒を飲む店」なのだけれど、それは単なる「食堂」ではなく「大衆食堂」と呼ぶのだと本書で初めて知った。特に西の文化である、最初からショーケースにおかずがズラリと並ぶスタイルの食堂が大好物。そのさまを眺めているだけで、「つまみパラダイス！」と胸が高鳴ってしまう。

まずは小皿にのったシンプルなポテトサラダをとって、店の主人に瓶ビールを注文。ショーケースを凝視しながらこの後のつまみの流れの算段をつけ、ビールが冷たいうちに残りを飲み干すことを決意する。白いごはんがグイグイ進みそうな濃いめの味つけこそ、酒のつまみにふさわしい一品。すじ煮にいくか、生姜焼きにいくか、煮魚にいくか……惜しいが、すでに小皿にのって並ぶ冷えたフライはやめておこう。なぜなら、つまみを電子レンジで温めるサービスはあるものの、私は常温でつまむことを前提で選びたい派なのだ。そうそう、メインとは別に漬物か枝豆はキープしておかなくては。今日はビールのあと、すぐに日本酒にいくのか、ウーロンハイを1杯挟むかも考慮したい。

そんなとき、いつも心に「私の中の東海林さだお」がひょっこり顔を出す。ショージ君だったら、こんなとき何を思い、どこに目をつけるのかな。寿司屋の実力を測る「コハダ」に値する定食屋のおかずは「サバの味噌煮」だと言っていたけれど、関西なら「きずし」か？　いや、卵のふわとろ感と出汁が命の「えんどう豆の卵とじ」？　そんなことをぼんやり考えながら、店の主人やお客さんをじっくり観察しているだけで、ひとりで何時間でも呑めてしまう。あー、なんて楽しさ。

ほんの少し視点を変えてみるだけで、日々の食事はこんなにも豊かで面白い。そんなことを、ショージ君のエッセイを読むたびに、いつも教えてもらっているのだ。

（編集者）

**東海林さだお**（しょうじ・さだお）

1937年東京都生まれ。漫画家、エッセイスト。早稲田大学露文科中退。70年『タンマ君』『新漫画文学全集』で文藝春秋漫画賞、95年『ブタの丸かじり』で講談社エッセイ賞、97年菊池寛賞受賞。2000年紫綬褒章受章。01年『アサッテ君』で日本漫画家協会賞大賞受賞。11年旭日小綬章受章。『ひとり酒の時間 イイネ！』『ゴハンですよ』（だいわ文庫）、「丸かじり」シリーズ（文春文庫）など、著書多数。

本作品は、『週刊朝日』（朝日新聞出版社）に連載中の「あれも食いたいこれも食いたい」、『漫画読本』（文藝春秋）に連載された「ショージ君のにっぽん拝見」、『オール讀物』（同）連載中の「男の分別学」、書籍『そうだ、ローカル線、ソースカツ丼』（同）に掲載された著者のエッセイ及び対談を再編集したアンソロジーです。

だいわ文庫

# 大衆食堂《たいしゅうしょくどう》に行《い》こう

著者　東海林《しょうじ》さだお



二〇二一年四月一五日第一刷発行
二〇二一年八月一〇日第三刷発行

発行者　佐藤 靖
発行所　大和《だいわ》書房
東京都文京区関口一－三三－四　〒一一二－〇〇一四
電話 〇三－三二〇三－四五一一

フォーマットデザイン　鈴木成一デザイン室
本文デザイン　二ノ宮 匡
本文印刷　信毎書籍印刷
カバー印刷　山一印刷
製本　小泉製本

ISBN978-4-479-30861-4
乱丁本・落丁本はお取り替えいたします。
http://www.daiwashobo.co.jp

〈東海林さだおの好評既刊〉

## ひとり酒の時間 イイネ！

笑いと共感の食のエッセイの第一人者の東海林さだお氏による、お酒をテーマにした選りすぐりのエッセイ集！　家飲みのお供に。

定価（本体800円＋税）

---

## ゴハンですよ

東海林さだお氏のこれまでの食にまつわる作品の中から、「ゴハン」をテーマにした選りすぐりのエッセイを１冊にまとめました。

定価（本体800円＋税）